AF210777

**STEFANIE GREGG /
PAUL SCHENKE**
Schwarze Roben

ANWALTSGEHEIMNISSE Hauptkommissar Sven Fricke übernimmt einen neuen Fall: Die renommierte Anwaltskanzlei »Bartelsen & Partner« macht ihren alljährlichen Betriebsausflug. Die Anwälte steigen gut gelaunt in einen Kleinbus, doch beim Zünden des Motors geht das Fahrzeug mit einem lauten Knall in die Luft – ein Bombenattentat in Kiel! Die Frau eines der Opfer ruft die Staatsanwältin Elena Karinoglous, als alte Bekannte ihres Mannes, zu Hilfe. Die wiederum fordert Hauptkommissar Fricke an. Die beiden sind sich bereits beim letzten Fall nähergekommen, als es beruflich nötig gewesen wäre. Obwohl Sven Fricke weder Lust auf Kiel noch auf einen solch hochpolitischen und medienwirksamen Fall hat und es privat zwischen ihnen mal wieder schwierig wird, bei den beiden geht der Beruf vor. Gemeinsam stürzen sie sich in die Ermittlungen und entdecken dabei dunkle Geheimnisse unter den schwarzen Roben der feinen Anwälte.

© Angelika Bardehle

Stefanie Gregg, 1970 in Erlangen geboren, lebt in der Nähe von München. Sie studierte Philosophie, Kunstgeschichte, Germanistik sowie Theaterwissenschaften. Sie hat mehrere Fachbücher und diverse wissenschaftliche Publikationen sowie Krimis, Kurzgeschichten und Romane veröffentlicht. Mehrfach wurde die Autorin mit Literaturpreisen ausgezeichnet.

© Monika Rauer

Paul Schenke, 1966 in Moers geboren, lebt nach Stationen in Afrika, Algerien und Frankreich nun in Hannover. Nach seine Lehrtätigkeit als Religionswissenschaftler widmet er sich nun dem Schreiben – tagsüber schläft und lebt er, nachts schreibt er. Weitere Interessensgebiete sind Diskussionen über den Wahrheitsgehalt der Bibel und seine Tätigkeit als Freimaurer.

Bisherige Veröffentlichungen im Gmeiner-Verlag: Blutvilla (2017)

STEFANIE GREGG / PAUL SCHENKE

Schwarze Roben

Kriminalroman

GMEINER SPANNUNG

Die automatisierte Analyse des Werkes, um daraus
Informationen insbesondere über Muster, Trends und
Korrelationen gemäß § 44b UrhG (»Text und Data Mining«)
zu gewinnen, ist untersagt.

Bei Fragen zur Produktsicherheit gemäß der Verordnung
über die allgemeine Produktsicherheit (GPSR) wenden Sie
sich bitte an den Verlag.

Immer informiert

Spannung pur – mit unserem Newsletter informieren wir Sie
regelmäßig über Wissenswertes aus unserer Bücherwelt.

Gefällt mir!

Facebook: @Gmeiner.Verlag
Instagram: @gmeinerverlag
Twitter: @GmeinerVerlag

Besuchen Sie uns im Internet:
www.gmeiner-verlag.de

© 2018 – Gmeiner-Verlag GmbH
Im Ehnried 5, 88605 Meßkirch
Telefon 075 75 / 20 95 - 0
info@gmeiner-verlag.de
Alle Rechte vorbehalten

Lektorat: Susanne Tachlinski
Herstellung: Julia Franze
Umschlaggestaltung: U.O.R.G. Lutz Eberle, Stuttgart
unter Verwendung eines Fotos von: © Ralf Gosch / Fotolia.com
Druck: Libri Plureos GmbH, Friedensallee 273, 22763 Hamburg
Printed in Germany
ISBN 978-3-8392-2336-9

Personen und Handlung sind frei erfunden. Ähnlichkeiten mit lebenden oder toten Personen sind rein zufällig und nicht beabsichtigt.

PROLOG

Düsternbrook. Ein kleiner, aber feiner Stadtteil von Kiel. Wer an diesem idyllischen Fleckchen an der Kieler Förde wohnte, hatte es geschafft. Hier besaß man ein eigenes Haus, möglichst mit Pool, einer Doppelgarage und einem gepflegten Vorgarten, jeder kannte jeden, und Geld spielte keine Rolle. Man grüßte sich auf der Straße, besuchte sich gegenseitig zum gemeinsamen Grillen, die Frauen der Nachbarschaft trafen sich jeden Donnerstag zum Rommé-Spiel und die Mütter hatten einen Fahrdienst eingerichtet, um die Kleinen in den Kindergarten zu bringen. In Düsternbrook, so schien es, war die Welt noch in Ordnung.

Und das, wo es in Kiel ohnehin nur Diebstähle und Einbrüche waren, die der Landesregierung am meisten zu schaffen machten. Bei den wenigen sogenannten »Delikten gegen das Leben«, die es hier überhaupt gab, konnte die Polizeidirektion in ihrer Statistik der Kriminalitätsentwicklung stolz eine Aufklärungsquote von 100 Prozent vorweisen. Die Kieler konnten sich sicher fühlen. Und die Reichen aus den Villenvierteln beauftragten zusätzlich einen privaten Wachschutz, der mehrmals am Tag und in der Nacht die Häuser kontrollierte.

Hinter verschlossenen Türen jedoch herrschte Neid und Missgunst. Ob es nun der Pool war, den sich der Nachbar vergrößern ließ, ob jemand einen Bentley in der Garage stehen oder sich ein Boot gekauft hatte, jeder wollte den anderen mit irgendetwas übertrumpfen. Man gönnte dem Nachbarn nur, was er hatte, solange es nicht größer, neuer oder teurer war als das, was man selbst besaß.

Markus Lohmann war vor etwa zwei Jahren nach Düsternbrook gezogen und hatte hier die reiche Witwe Susanne Winter kennengelernt. Ihr Mann, der ein halbes Jahr zuvor bei einem Raubüberfall ums Leben gekommen war, war ein bekannter Baulöwe in Niedersachsen gewesen. Doch es dauerte nur drei Monate, bis die Trauer über den Tod ihres Mannes verflogen war und Susanne Markus traf. Zur Einweihung seines Neubaus hatte er damals die Nachbarschaft zu einem Grillabend eingeladen, und bereits zwei Wochen später übernachtete Susanne das erste Mal bei ihm. Kurz danach verkaufte sie ihr Haus in Hannover und zog bei Markus ein. Ende des Jahres bereits wollten sie heiraten. Wenn es nach Susanne gegangen wäre, hätten sie das sogar schon früher getan, aber Markus hatte warten wollen, bis er in Kiels führender Anwaltskanzlei Bartelsen & Partner als vollwertiger Sozius aufgenommen wurde. Bisher hatte er die Position lediglich auf Probe innegehabt, was ihm zwar alle nötigen Rechte in der Kanzlei einräumte, ihm die Beteiligung am Umsatz und ein entsprechendes Gehalt aber noch verwehrte. Letzten Monat war es dann endlich so weit gewesen – er war offiziell und vollumfänglich einer der fünf Bartelsen-Partner geworden. Damit war seine Zukunft gesichert und er gab Susannes Drängen nach, sie zu heiraten.

Für diesen Freitag war der alljährliche Betriebsausflug der Kanzlei geplant. Man hatte hierfür eigens einen Kleinbus gemietet, mit dem die gesamte Belegschaft gemeinsam übers Wochenende in den Schwarzwald in ein exklusives Golfhotel fahren konnte.

KAPITEL 1

Wie jeden Donnerstag hatten sich Karin, Susanne, Birgit und Julia in ihrer Vierer-Frauenrunde zum Rommé-Spiel getroffen. Diese Woche waren sie bei Susanne zu Gast. Sie saßen im großzügigen Wohnzimmer ihrer Bauhaus-Villa, deren bodentiefe Fenster einen Ausblick in den gepflegten Garten boten. Die Frauen konzentrierten sich aber viel mehr auf die kleinen Erdbeertörtchen, die Susanne auf einem Silbertablett soeben hereintrug.

»Oh, sind das die kleinen Tarteletten vom Lorenz Bäcker?«, fragte Karin mit einem begeisterten Blick.

»Genau«, bestätigte die Gastgeberin und reichte Karin das Tablett, von dem diese sich gleich eines der kleinen Gebäckstücke nahm und einen Bissen probierte.

»Göttlich!«, nickte sie Susanne lächelnd zu und seufzte dann: »Aber das sind wieder Kalorienbomben!«

Susanne machte eine wegwerfende Handbewegung: »Du kannst dir das doch wirklich leisten.«

Als sie nun auch noch eine Flasche Prosecco öffnete, blickte Julia sie überrascht an: »Oh, gibt's heute etwas zu feiern?«

»Ja«, erklärte Susanne, während sie die prickelnde Flüssigkeit in die bereitgestellten Gläser einschenkte, »euch wollte ich es zuerst sagen: Nächstes Wochenende, wenn alle aus dem Schwarzwald zurück sind, geben Markus und ich eine Party ...« Sie machte eine Pause, und ihre Freundinnen sahen sie erwartungsvoll an. »... um unsere bevorstehende Hochzeit anzukündigen!« Sie strahlte in die Runde.

»Ich freue mich für euch«, rief Karin Munsch begeistert und hielt ihr Sektglas Susanne entgegen, die lächelnd mit ihr anstieß.

Karin wohnte im Haus nebenan. Ihr Mann Dieter war einst Markus' Kollege in der Kanzlei Bartelsen & Partner gewesen und hatte ihm über Beziehungen das Haus in Düsternbrook vermittelt. Vor einiger Zeit war er aus der Kanzlei ausgestiegen und hatte seine eigene Unternehmensberatung gegründet.

Er hatte die neue Frau an Markus' Seite von Anfang an nicht gemocht und konnte gar nicht verstehen, dass seine Frau Karin stets Susannes Nähe suchte, aber er überließ es ihr, selbst zu entscheiden, mit wem sie sich traf.

»Kommen die Partner der Kanzlei auch zu eurer Feier?«, fragte Julia, als alle Frauen Susanne gratuliert und mit ihr auf die spannende Neuigkeit angestoßen hatten. Sie bewohnte das Haus gegenüber und besaß mit ihrem Mann Thomas ein Maklerbüro, das sich ausschließlich auf Immobilien in Südfrankreich spezialisiert hatte.

»Ja, ich nehme es zumindest an. Morgen fahren sie ja erst einmal in den Schwarzwald zum Golfen, und Markus wird ihnen bei der Gelegenheit unsere Pläne eröffnen«, antwortete Susanne.

»Hast du da eigentlich gar keine Bedenken?«, fragte Karin, nahm ihre Karten auf und sortierte sie in der Hand, ohne aufzublicken.

Eine unangenehme Stille breitete sich aus. Alle Anwesenden spürten, dass diese unpassende Bemerkung nicht grundlos gefallen war.

Susanne stellte ihr Sektglas ab und sah Karin fragend an. Und was für Bedenken sie hatte! Oh nein, sie war sich nicht sicher, ob der kommende Betriebsausflug nicht sogar für Markus die Gelegenheit bot, eine Nacht mit einer anderen zu verbringen. Aber es würde nun hoffentlich das letzte Mal sein. Warum sollte sie ausgerechnet jetzt, wo sie beschlossen hatten zu heiraten, den anderen ihre Zweifel offenbaren?

Als Susannes Antwort auf sich warten ließ, hob Karin Munsch den Blick. »Na, ich meine, hast du die Frauen mal gesehen, die in der Kanzlei arbeiten? Da ist eine hübscher als die andere. Und nun verbringen sie ein Wochenende zusammen in einem Hotel mit deinem Freund. Du weißt genau, was ich meine«, erklärte sie, leicht verärgert darüber, dass ihre Freundin offensichtlich nicht begreifen wollte.

Susanne lachte auf. »Also, wenn er meint, er müsse sich vor unserer Hochzeit noch mal vergnügen, dann kann ich es eh nicht verhindern und werde es wohl auch nie erfahren.«

Karin sah sie verblüfft an. Als Susanne bemerkte, dass ihr Sarkasmus bei der Freundin offenbar nicht angekommen war, fügte sie schnell hinzu: »Ach was, das war ein Scherz. Markus geht nicht fremd.«

Julia prustete laut heraus, als sie Karins verdutztes Gesicht bemerkte, auf dem nach Susannes Erklärung ein verlegenes Lächeln erschien.

»Bist du dir sicher, dass du Markus heiraten willst?«, fragte nun Birgit Schönborn, deren Mann ebenfalls einer der Kanzlei-Partner war.

Susanne verschlug es die Sprache. Wie konnte Birgit ihr eine solche Frage stellen?

»Ich sehe schon. Du hast es dir gut überlegt«, sagte Birgit schnell, als sie Susannes Verärgerung bemerkte. »Ich wünsche euch in jedem Fall alles Gute!«

»Danke«, antwortete Susanne und spülte ihr Unbehagen mit einigen Schlucken Sekt hinunter.

Die anderen taten es ihr gleich, bevor alle sich wieder ihrem Kartenspiel zuwandten.

»Hey, ich hoffe aber, dass sich durch eure Hochzeit nichts an unseren Donnerstags-Rommé-Nachmittagen ändern wird«, entrüstete sich Birgit gespielt, als sie gerade ihre dritte Runde begannen.

»Warum sollte sich daran etwas ändern? Solange unsere Männer das Geld mit nach Hause bringen, können wir uns erlauben, Karten zu spielen, so viel wir wollen«, kommentierte Susanne und lächelte hinter ihren Karten hervor.

Sie wusste, dass ihre Freundinnen diese kleine Spitze schon verstanden hatten. Sie selbst besaß genug Geld und war auf das von Markus nicht angewiesen. Die anderen Frauen jedoch überließen es ihren Männern, das Geld zu verdienen, das ihnen ihren luxuriösen Lebensstandard ermöglichte.

»So, wie du lächelst, scheinst du jedenfalls glücklich zu sein«, entgegnete Julia, ohne auf Susannes Bemerkung einzugehen. Auch die anderen in der Runde taten, als hätten sie die Anspielung nicht gehört.

»Ja, bin ich. Angesichts der Joker auf meiner Hand«, erklärte die Gastgeberin, wandte sich Birgit zu und wiederholte ihre Frage: »Also, warum sollte sich an unserer wunderbaren Frauenrunde etwas ändern?«

»Na, erst die Hochzeit, und wenn dann noch Kinder hinzukommen, hast du vielleicht keine Zeit mehr für uns«, erklärte Birgit.

Susanne lachte laut auf: »Kinder? Nein, die brauchen wir nun wirklich nicht. Es ist gut, wie es ist, und so soll es bleiben. Nein, es soll sogar noch besser werden, aber dafür brauche ich keine Kinder. Keine Sorge, wir werden auch weiterhin donnerstags Rommé spielen, und im Anschluss zu Hause mit unseren Männern gegenseitig über einander ablästern.«

Die anderen stimmten in ihr Lachen ein, und jede von ihnen wusste, dass in dieser scherzhaften Bemerkung viel zu viel Wahrheit steckte.

KAPITEL 2

Freitag, Düsternbrook, 6 Uhr

»Hast du alles gepackt?«, fragte Susanne, während Markus sich den letzten Bissen seines Brötchens in den Mund steckte und mit einem Schluck Tee hinunterspülte.

»Ja. Ich habe sogar den Laptop mitgenommen. Wir können abends ein wenig skypen, wenn du magst. Ich rufe in jedem Fall an«, versicherte er, küsste Susanne zum Abschied auf die Stirn und ging zur Haustür.

»Pass auf dich auf! Nächstes Wochenende findet hier eine Party statt, und ohne dich kann ich keine Hochzeit ankündigen«, lachte Susanne, die ihrem Verlobten hinterhergekommen war. Sie umarmte ihn ein letztes Mal und sah zu, wie er zur Garage ging, in seinen Mercedes stieg und winkend davonfuhr. Ob er wirklich Zeit zum Skypen haben würde? Sie würde sich die Zeit dafür nehmen, falls er anriefe. Sie wusste aber, dass dies höchst unwahrscheinlich war.

Markus verfluchte den Stau in der Innenstadt, wegen dem er eine Viertelstunde zu spät, gegen 7.15 Uhr, in der Tiefgarage des Bürogebäudes ankam, in dem sich die Kanzlei befand. Es war eines der modernsten Bürogebäude in Kiel. Erst im letzten Jahr war der achtstöckige Bau fertiggestellt worden. Im Erdgeschoss befanden sich zwei

Restaurants, ein Friseur, ein Schmuckgeschäft und ein exklusiver Juwelier. Die ersten drei Etagen gehörten der Anwaltskanzlei Bartelsen & Partner. Darüber hatte ein Schönheitschirurg die restlichen vier Etagen angemietet, wobei sich in den obersten beiden Stockwerken seine Klinik befand, in der die Patienten nach ihren Operationen in standesgemäßen Zimmern untergebracht waren.

»Na, wo bleiben Sie denn, Lohmann? Kaum sind Sie Partner, schon kommen Sie zu spät. Es ist bereits nach sieben«, grinste der Seniorpartner, Dr. Manfred Bartelsen, als Markus aus seinem Wagen stieg.

»Sorry, aber ich habe doch bei Ihnen zu Hause angerufen und gesagt, dass es auf der Kaistraße einen Unfall gegeben hat. Hat Ihre Frau es nicht ausgerichtet?«

»Doch, doch, Barbara hat es mir gesagt. Ich hatte nur nicht damit gerechnet, dass es trotzdem noch so lange dauern würde«, antwortete Bartelsen.

»Hat es aber. Ich bin sogar im Anschluss am Königsweg noch geblitzt worden, als ich endlich aus dem Stau heraus war und aufs Gas gedrückt habe«, erwiderte Markus. »Ich nehme nicht an, dass die Kanzlei das Knöllchen übernehmen wird, oder?« Er zwinkerte Bartelsen zu.

Markus kam mit seinem Chef gut zurecht. Von Anfang an hatte er gespürt, wie dieser ihm sein Vertrauen schenkte und ihn auf die finanziell potenten und wichtigen Mandanten losließ. Nicht einmal ein Bewerbungsgespräch hatte er führen müssen. Bartelsen hatte Markus' Fälle bei der Staatsanwaltschaft Kiel genau beobachtet und erkannt, welches Potenzial in ihm steckte, denn er gewann nahezu jeden Prozess. Also machte er ihm ein

Angebot, das Markus nicht ablehnen konnte. Sein Gehalt verdreifachte sich und bei besonders wichtigen Verhandlungen passte sich sein Bonus an den jeweiligen Streitwert an.

»Jetzt kommen Sie schon. Es sind bereits alle im Bus und ich glaube, die Hälfte davon ist schon betrunken. Wir hatten bereits unsere erste Runde Champagner«, lachte Bartelsen nun.

Wie zur Bestätigung klopften seine Kollegen im Bus munter an die Scheiben und winkten ihnen entgegen. Während Markus sein Gepäck aus dem Kofferraum holte, stieg Bartelsen zurück in den Bus und forderte den Fahrer auf, die Tür zu schließen. In seinem vom Alkohol herrührenden Übermut wollte er seinen frischgebackenen Partner ein wenig aufziehen und so tun, als ob sie ohne ihn losfahren würden.

Doch anstatt sich nun erst recht zu beeilen, stellte Markus auf halbem Weg seine Reisetasche am Boden ab und kehrte noch einmal zu seinem Mercedes zurück. Er hatte den Laptop vergessen. Dies wiederum ermutigte Bartelsen, noch eins draufzusetzen, und er wies den Fahrer an, den Motor zu starten. Bereitwillig drehte der den Zündschlüssel um, während Markus auf den Bus zulief und den Kollegen drinnen zugrinste.

In diesem Moment erschütterte ein ohrenbetäubender Knall die gesamte Tiefgarage, der Bus hob ab, sämtliche Fenstergläser sprangen in alle Richtungen und einer der Hinterreifen flog Markus Lohmann gegen den Kopf. Mitsamt dem Reifen wurde er einige Meter zurückgeschleudert und schlug gegen eine der Betonsäulen.

KAPITEL 3

Elena knöpfte die schwarze Robe auf. Sie war froh, endlich aus dem schweren Gewand herauszukommen. Bei der Hitze war das wirklich unerträglich.

Heute hatte sie den ersten Prozesstag um die »Bluterbin« hinter sich gebracht. So hatten die Kieler Nachrichten Sabine Krogmann genannt, die vor einem Jahr ihre eigene Schwester, deren Mann, eine Hausangestellte sowie deren Vater ermordet hatte, um an das Familienerbe zu gelangen. Es war kein besonders schwerer Prozesstag gewesen. Die Indizien waren eindeutig, sodass Sabine Krogmann heute bereits gestanden hatte. Trotzdem würden noch zwei weitere Prozesstage folgen, in denen alle Fakten präsentiert und die psychologischen Gutachten vorgestellt werden sollten. Der zuständige Hauptkommissar Sven Fricke hatte ihr die nötigen Unterlagen gut aufbereitet. Na gut, eines der Protokolle war nur handschriftlich eingereicht, ab und zu hatte sich ein Flüchtigkeitsfehler eingeschlichen und an der ein oder anderen Stelle die unvermeidlichen Rechtschreibfehler, über die sie unwillkürlich lächeln musste. Aber Sven legte eben keinen besonderen Wert auf bürokratische Formalitäten. Das Nötigste war jedoch vorhanden, die Sachlage klar und eindeutig dargelegt.

Kurz schweiften ihre Gedanken zu Sven ab, und ein warmes Gefühl überkam sie. Sie mochte ihn. Und er mochte sie. Mehr noch, sie fühlten sich zueinander hingezogen. Aber irgendwie war es schwierig zwischen ihnen und momentan herrschte sogar weitestgehend Funkstille. Ob aus ihnen je ein Paar werden würde, stand in den Sternen. Ein erster Versuch während der gemeinsamen Bearbeitung des letzten Falles war jedenfalls gescheitert. Fricke wollte danach ein wenig Abstand. Freundlich, aber bestimmt hatte er ihr erklärt, beruflich, zumindest für eine gewisse Zeit, nach Eckernförde zu gehen, zumal sein Chef Ahrensmeier dorthin gewechselt war und Fricke gebeten hatte, wenigstens eine Zeit lang mitzukommen, da die Polizei in Eckernförde dramatisch unterbesetzt war. Elena war davon nicht begeistert gewesen, sie hätte Sven gerne weiter bei sich gehabt. Aber sie konnte es verstehen. Wahrscheinlich brauchten sie tatsächlich ein wenig Distanz voneinander. Seit fast einem Jahr war er nun schon in Eckernförde, und sie hatten sich nur einmal zufällig getroffen. Beide hatten versucht, sehr distanziert zu sein, sogar zum Sie waren sie zurückgekehrt. Seltsam, aber vielleicht brauchten sie beide das. Trotzdem, Elena glaubte nicht, dass das das Ende ihrer Beziehung war. Dafür mochte sie ihn viel zu sehr. Und sie wusste, er sie auch.

Elena schüttelte den Kopf und hängte die Robe im Schrank ihres Büros auf, als das Telefon klingelte. Missmutig griff sie nach dem Hörer; lieber hätte sie noch fünf Minuten für sich gehabt und wäre mit einem Kaffee etwas zur Ruhe gekommen.

»Karinoglous«, meldete sie sich.

»Frau Staatsanwältin, hier ist eine Susanne Winter in der Leitung, die Sie sprechen möchte. Sie wirkt sehr aufgelöst und weint.«

Manchmal war es hilfreich, wenn die Dame vom Empfang unten ihr bereits einen kleinen Hinweis gab, in welcher Verfassung die Anrufer oder Gäste sich befanden, die sie sprechen wollten.

»Danke, Frau Maier«, sagte Elena, »stellen Sie sie durch.«

Sie wusste sofort wieder, wer Susanne Winter war. Es war eine peinliche Situation gewesen damals, als sie sich das erste und einzige Mal begegnet waren, und an solche Situationen konnte man sich eben leider besonders gut erinnern.

Vor einem halben Jahr hatte sie ihren alten WG-Mitbewohner Markus Lohmann in Düsternbrook besucht, weil sie beide Fälle bearbeiteten, in die höchstwahrscheinlich dieselbe Mafia-Gruppe verwickelt war. Sie wollten ihre Informationen austauschen, und er hatte Elena zu sich nach Hause eingeladen. Drei Männer und zwei Frauen waren sie damals in ihrer Kieler Juristen-WG gewesen, allesamt junge Rechts- oder Staatsanwälte, und Elena erinnerte sich gerne zurück an diese lustige und unbeschwerte Zeit. Ohne darüber nachzudenken, war sie Markus' Einladung gefolgt und zu ihm in seine Villa gefahren, wo sie einen Nachmittag lang über ihre Fälle diskutiert hatten. Sie hatte ihn nicht danach gefragt, ob er sich zurzeit in einer Beziehung befand. Auf die Idee war sie gar nicht gekommen, schließlich war ihr Besuch rein beruflicher Natur gewesen. Als plötzlich die Tür aufging und Susanne Winter ins Wohnzimmer spazierte, saßen beide gerade dicht beieinander auf dem Sofa, aber nur weil sie sich gemeinsam Fotos der Mafiosi angesehen hatten. Dennoch herrschte plötzlich eine eigenartige Stimmung im Raum, als hätte Susanne sie bei etwas Verbotenem erwischt. Denn eigentlich hatte sie erst viel später nach Hause kommen wollen, und Markus hatte ihr offensichtlich nichts von Elenas Besuch erzählt. Ob Markus dabei vielleicht doch irgendwelche Hintergedanken gehabt hatte, hatte Elena sich seitdem oft gefragt. Jedenfalls war er schuldbewusst aufgesprungen und hatte die beiden Frauen sichtbar verlegen einander vorgestellt, Susanne als seine Freundin und Elena in ihrer Funktion als Staatsanwältin. Dass er sie kurz darauf im Gespräch aber duzte, schien Susanne bitter aufzustoßen. Elena jedenfalls hatte sich danach schnell verabschiedet, mit dem unguten Gefühl, dass es bei den beiden zum Krach kommen würde, sobald sie die Haustür hinter sich zuzog. Es hatte ihr leidgetan, aber sie konnte nun wirklich nichts dafür. Markus hatte Susanne Winter hoffentlich glaubhaft versichern können, dass sie zusammen in einer WG gewohnt hatten und sonst zwischen ihnen nichts war.

Das also waren die Umstände gewesen, unter denen sie Susanne Winter kennengelernt hatte, und sie war gespannt, was die Frau nun von ihr wollte.

Es knackte in der Leitung und die Verbindung war hergestellt.

»Elena Karinoglous«, meldete die Staatsanwältin sich.

»Susanne Winter.« Die Stimme klang sehr brüchig. Gar nicht nach der selbstbewussten, attraktiven Blondine, die sie in Erinnerung hatte. »Können Sie sich noch an mich erinnern?«

»Ja«, bestätigte Elena und fügte in Gedanken hinzu: und wie!

»Markus ist im Krankenhaus, er liegt im Koma«, nur stockend konnte Susanne ihre Informationen preisgeben, »es war ein Attentat, ein Bombenattentat, auf den Bus, in dem alle Anwälte der Kanzlei Bartelsen & Partner saßen. Sie sind alle tot. Nur Markus nicht. Er war wohl noch draußen, als es passiert ist. Aber vielleicht überlebt er es trotzdem nicht.« Susanne Winter schluchzte.

Elena setzte sich wie elektrisiert auf. Als Staatsanwältin hörte sie beinahe täglich von schrecklichen Verbrechen und war entsprechend abgehärtet. Betraf es aber jemanden, den sie kannte, war sie genauso erschüttert wie die meisten anderen Menschen auch.

Markus in Lebensgefahr, Opfer eines Bombenattentats? Sie versuchte, das Gehörte zu verdauen. Und auch den Anwalt Bartelsen hatte sie gekannt, er war ein Freund ihres Vaters gewesen. Elena fragte sich, warum sie von der Sache noch nichts mitbekommen hatte. Da ging in Kiel eine Bombe hoch, und sie erfuhr es auf diese Weise am Telefon? Ihr wurde bewusst, wie sehr sie sich wieder in ihren derzeitigen Fall verbissen hatte. Ein Einbruch, der vermutlich von einem Bekannten des Opfers begangen worden war. Dreisterweise hatte der mutmaßliche Täter dem Opfer im Vorfeld eine Musicalkarte geschenkt, um sicherzustellen, dass dieser zum Zeitpunkt des Einbruchs außer Haus sein würde. Aber die Beweislage war nicht ganz eindeutig. Wie so oft, hatte sie einfach ihr gesamtes Umfeld ausgeblendet, während sie am Schreibtisch gesessen und alle Puzzleteile mühsam zusammengefügt hatte. Kein Fernseher, kein Radio, kein Kontakt nach außen.

»Bitte, Frau Karinoglous, ich brauche Ihre Hilfe. Als Sie bei uns waren, damals, da war ich nicht begeistert, ich gebe es zu. Aber Markus hat mir versichert, dass ich mir ganz umsonst Sorgen mache, und er hat von Ihnen erzählt. Dass Sie die brillanteste Juristin des ganzen Jahrgangs waren und dass Sie nahezu jeden Fall gewinnen, weil Sie sich da so hineinbeißen. Die Kieler Polizei, und vielleicht auch die Staatsanwaltschaft – ich habe das Gefühl, die machen gar nichts, um die Sache mit der Bombe aufzuklären. Die sind total überfordert! Bitte, können Sie sich da nicht vielleicht mal einschalten? Bitte.«

Elena atmete langsam aus. Die verschiedensten Emotionen jagten sich in ihrem Kopf. Über allem lag das Entsetzen, dass Markus etwas zugestoßen war. Sie konnte sich nur schwer einmischen, wenn es der Fall eines anderen Staatsanwaltes war. Andererseits war sie in gewisser Weise verpflichtet, sich für Markus einzusetzen. Schon allein aus moralischen Gründen. Zumal, wenn er tatsächlich so große Stücke auf sie hielt. Sie konnte ihren Freund und Kollegen doch nicht im Stich lassen!

»Gut, warten Sie.« Sie blätterte in ihrem Terminkalender. Jetzt kam das Wochenende und bis Mittwoch stand nichts Wichtiges an. »Ich könnte morgen nach Düsternbrook kommen. Ist inzwischen jemand bei Ihnen, der sich um Sie kümmert?«

»Ja, eine Psychologin. Und vorhin hat ein Arzt mir etwas zur Beruhigung gegeben.«

»Gut. Dann sehen wir uns morgen. Ich komme abends, dann habe ich mich vielleicht schon etwas über die Sache informieren können. Gegen 20 Uhr?«

»Okay«, brachte Susanne Winter noch heraus, bevor sich alles in Schluchzen auflöste.

Elena dachte kurz nach, nachdem sie das Telefonat beendet hatte. Sie hatte nie freie Kapazitäten, ihr Tisch war stets überfüllt und ihr Terminkalender platzte aus allen Nähten. Aber dieser Fall betraf sie persönlich und er war hochbrisant – warum also nicht.

Sie tippte die Durchwahl des Oberstaatsanwalts Abraham, schaltete den Lautsprecher ein und griff nach dem Hörer, sobald das Freizeichen ertönte.

»Guten Tag, meine liebe Frau Karinoglous!« Offensichtlich hatte er ihren Namen im Display gesehen, und er schien gut gelaunt zu sein.

»Herr Abraham, ich habe von dem Bombenattentat auf die Kanzlei Bartelsen gehört. Haben Sie schon jemanden dafür eingesetzt?«

»Nun ja.« Abraham räusperte sich unbehaglich. »Ich weiß, dass Sie mehr als alle anderen um die Ohren haben. Aber ich wollte gerade zum Hörer greifen, um Sie anzurufen und die Sache an Sie zu übergeben. – Bitte warten Sie, bevor Sie sich beschweren! Eigentlich müsste ich die Angelegenheit persönlich bearbeiten, das ist mir klar. Aber Sie wissen, dass ich kurz vor der Rente stehe, und es ist mir schlicht zu viel. Ich würde Ihnen auch komplett freie Hand lassen und im Gegenzug den Diebstahl- und den Körperverletzungsprozess für Sie übernehmen. Bitte, Frau Karinoglous, ich sehe keine andere sinnvolle Möglichkeit, als Sie mit der Sache zu betrauen.«

Elena schmunzelte trotz aller Betroffenheit in sich hinein. Das war ja mehr als gut gelaufen. Sie bekam den Fall, den sie ohnehin haben wollte, und wurde dafür sogar noch zwei andere los. Großartig! Und gleichzeitig eine wunderbare Gelegenheit, um eine ganz bestimmte Person ebenfalls in diesen Fall hineinbeordern zu lassen.

»Hm«, war es nun sie, die sich räusperte. »Herr Abraham, Sie wissen genauso gut wie ich, dass dieser Fall aufwendiger ist als die anderen beiden zusammen. Aber ich gebe zu, dass er mich durchaus reizt. Ich habe daher einen Vorschlag zu machen: Holen Sie mir Hauptkommissar Fricke aus Eckernförde hinzu. Wir arbeiten gut zusammen und gemeinsam mit ihm kann ich es schaffen.«

KAPITEL 4

Samstag, Eckernförde, 8 Uhr

Ohne Unterlass hämmerte es an seiner Wohnungstür in Eckernförde. Nach dem ersten Klopfen verschwand Frickes Kopf unter dem Kopfkissen. Er hoffte darauf, der Krach würde nach wenigen Sekunden aufhören. Er verspürte nicht die geringste Lust, aufzustehen und nachzusehen, wer da am Samstagmorgen zu so früher Stunde derart penetrant war.

Aber es half nichts. Das Klopfen hörte einfach nicht auf. Im Gegenteil, es wurde schneller und lauter. Frickes Geduldsfaden riss endgültig. Er schmiss die Bettdecke zurück, störte sich nicht daran, dass er nur Boxershorts und ein T-Shirt trug, und stampfte wutentbrannt aus dem Schlafzimmer hinaus durch den Flur bis zur Wohnungstür. Während er den Haustürschlüssel umdrehte, rief er: »Ich warne Sie, ich habe eine Waffe!«

Vor der Tür standen zwei uniformierte Polizisten, die erschrocken zwei Schritte zurücktraten, als sie in Frickes wutverzerrtes Gesicht sahen.

»Was zum Henker wollt ihr von mir?«, raunzte Fricke die beiden an.

»Ahrensmeier schickt uns«, antwortete einer der beiden und versuchte dabei ein Lächeln.

Ahrensmeier also, der Chef des Polizeipräsidiums Eckernförde. Fricke gehörte zwar immer noch der

Mordkommission Kiel an, aber er hatte Ahrensmeiers Wunsch entsprochen und sich für vorerst 18 Monate an die Eckernförder Polizei ausleihen lassen. Zu diesem Zeitpunkt war Ahrensmeier zu ihm überaus freundlich und höflich gewesen, nun hatte er sich wieder seinen alten Kasernenton angeeignet, was Fricke mittlerweile sehr störte. Vielleicht hätte er doch lieber in Elenas Nähe bleiben sollen, als sich das anzutun. Aber sie beide waren wie Feuer und Lunte – sobald sie länger zusammen waren, knallte es. Doch eigentlich wünschte er sich, dass wieder etwas zwischen ihnen entstehen könnte, in aller Ruhe, ohne permanent beruflich aneinanderzugeraten. Er war hier in Eckernförde sozusagen eine Leihgabe, und das war ihm auch ganz recht, denn so blieb ihm weiterhin die Möglichkeit, hierzubleiben oder nach Kiel zurückzukehren.

»Und? Was will er denn?«, fragte Fricke genervt und zog immer noch in Erwägung, den beiden die Tür vor der Nase zuzuschlagen, nicht, ohne ihnen vorher anzudrohen, sie zu erschießen, sollten sie es noch einmal wagen zu klopfen.

»Das wissen wir nicht, aber wir müssen den Parkplatz fegen, wenn wir ohne Sie zurückkommen«, verteidigte sich nun der andere.

Fricke schnaubte. Ja, das klang ganz nach Ahrensmeier. Parkplatzfegen war seine Lieblingsstrafe, wenn man seinen Anweisungen nicht Folge leistete, unverschämt war oder ihm sonst irgendwie missfiel. Das hatte sich auch hier in Eckernförde nicht geändert. Wie oft hatte sein Chef ihm selbst diese Sanktion schon angedroht? Er konnte es nicht sagen, war aber immer wieder aufs Neue amüsiert bei der Vorstellung, er könnte sich tatsächlich einmal mit dem Besen in der Hand auf dem Polizeiparkplatz wiederfinden.

Dem Jüngeren der Polizisten schien Frickes Belustigung nicht entgangen zu sein. »Sie haben gut lachen, Herr Kommissar. Also, was ist – können wir los?«, fragte er ungeduldig und wollte sich schon zum Gehen wenden.

Fricke blickte demonstrativ an sich herunter. »In Boxershorts und T-Shirt? Ich werde mich ja wohl noch umziehen dürfen.« Seufzend drehte er sich um und schlurfte den Flur entlang Richtung Schlafzimmer. Die Beamten ließ er einfach vor der geöffneten Wohnungstür stehen. »Es ist übrigens Samstag. Was macht der Alte denn am Wochenende im Büro?«, rief er laut zurück, erwartete aber ohnehin keine Antwort.

Wenige Minuten später stand er in schwarzen Jeans und einem weißen knittrigen Hemd vor den Uniformierten und wedelte mit seinem Autoschlüssel: »Wir können, Jungs. Ich fahre hinter euch her.«

KAPITEL 5

Samstag, Eckernförde, 9 Uhr

Fricke klopfte an die Bürotür seines Chefs und wartete darauf, dass er ihn hereinrief. Als er dies nach dem dritten Klopfen ziemlich lautstark tat, öffnete der Kommissar mit Unschuldsmiene die Tür.

»Fricke, was soll der Scheiß? Seit wann warten Sie darauf, dass ich Sie hereinrufe?«, schimpfte Ahrensmeier und forderte seinen Untergebenen auf, sich zu setzen.

»Seit wann holen Sie mich an einem Samstagmorgen um 8 Uhr aus dem Bett? Und dann noch mit Eskorte?«, konterte Fricke und setzte sich auf den ihm zugewiesenen Stuhl vor dem Schreibtisch seines Chefs.

»Ich habe versucht, Sie anzurufen, aber Ihre Scheißmailbox geht ständig ran und Sie rufen nicht zurück …«, begann Ahrensmeier zu erklären, wurde aber von Fricke unterbrochen.

»Weil ich samstagsmorgens um 8 Uhr keine Mailbox abhöre. Da schlafe ich.«

»Warum haben Sie dann ein Handy? Und was ist mit Ihrem Festnetzanschluss? Stecker gezogen, was? Sie sehen ja, ich hatte keine andere Möglichkeit, als Sie einfach abholen zu lassen. Schließlich sind Sie Beamter der Mordkommission Kiel und wissen genauso gut wie ich, dass Mörder keine geregelte Arbeitswoche haben und schon gar nicht samstags frei. Sie müssen immer und überall erreichbar sein, merken Sie sich das! Sonst können Sie gleich den Park…«

»…platz fegen. Ja, schon klar, Chef«, beendete Fricke mit einer abwinkenden Geste den Satz. »Wollen Sie mir jetzt nicht endlich mal verraten, warum ich hier sitze?«

»Sie halten das immer noch für einen Scherz, oder? Bis Sie tatsächlich mal mit dem Besen da unten stehen.« Ahrensmeier hatte sichtlich Mühe, seinen Zorn unter Kontrolle zu halten. »Also«, begann er nach einer kurzen Pause etwas ruhiger, »man hat Sie angefordert. Um 6 Uhr in der Früh klingelte mein Handy. Ich habe mein Handy nämlich nie ausgeschaltet. Dafür habe ich ja schließlich so ein Teil.«

Fricke seufzte: »Ja, Chef, ich habe es verstanden. Wer hat mich angefordert und wohin soll ich kommen?«

»Freut mich, wenn Sie es verstanden haben. Sie sollen zur Staatsanwaltschaft Kiel.«

»Staatsanwaltschaft? Am Samstag? In aller Herrgottsfrüh? Was soll ich da? Ich habe vor einiger Zeit um eine Versetzung nach Hamburg gebeten, aber ich habe doch das Gesuch zurückgezogen, als ich hierher nach Eckernförde abgeordnet wurde. Geht es darum?« Fricke war ehrlich erstaunt.

Ahrensmeier winkte ab. »Nein, nein, Sie sollen ja hierbleiben. Die haben wohl, krankheitsbedingt, Personalmangel am Gericht. Jedenfalls ist Frau Karinoglous gebeten worden, einen Fall zu übernehmen, und die wiederum hat …«

»Elena?«, fiel ihm Fricke überrascht ins Wort.

»Ach, Sie sind schon per Du? Ist ja interessant. Ich hoffe, Sie werden nicht«, Ahrensmeier zögerte und hob bedeutungsvoll die Augenbrauen, »aus privaten Gründen angefordert, sondern einzig wegen des Falles, sonst sag ich Ihnen gleich, dass Sie …« Er beendete den Satz nicht, sondern deutete nur mit dem Finger aus dem Fenster in Richtung Parkplatz.

»Jaja. Worum geht es denn genau?«, fragte Fricke und verdrehte unauffällig die Augen. Er fand die Drohung mit dem Parkplatz einfach lächerlich. Wenn er darüber nachdachte, hatte er in all den Jahren seiner Zusammenarbeit mit Ahrensmeier außer dem Hausmeister auch noch niemanden den Parkplatz fegen sehen – weder in Kiel noch hier in Eckernförde.

»In der Kieler Innenstadt ist heute früh eine Bombe hochgegangen, die unter einem Kleinbus installiert war. Eine große Anwaltskanzlei wollte wohl einen Ausflug machen. Jedenfalls hat die Staatsanwaltschaft Kiel mich aus dem Bett geholt und Sie angefordert. Da es hier in Eckernförde ja im Moment ruhig ist, habe ich dem zugestimmt. Ich habe gesagt, dass Sie sich heute noch im Landgericht einfinden werden. Also packen Sie Ihre Sachen und fahren Sie los.«

»Ich soll meine Sachen packen?«

»Ja, solange Sie an dem Fall arbeiten, werden Sie in einem Hotel vor Ort untergebracht. Die halbe Stunde Fahrt hin und zurück, aus der bei Stau auch eine Stunde werden kann, ist reine Zeitverschwendung. Und unpraktikabel, falls schnelles Eingreifen oder Nachteinsätze erforderlich sind. Suchen Sie sich ein Hotel, das nicht zu teuer ist. Ich werde die Kostenfrage noch abklären. Wenn die Staatsanwaltschaft oder das LKA zuständig sind, sind mir die Kosten egal.«

»Und wenn ich mich weigere?«, fiel ihm Fricke abermals ins Wort. Dass Elena ihn einfach so anforderte, passte ihm nun gar nicht.

Ahrensmeier, der gerade den letzten Rest von seinem Kaffee to go trinken wollte, verschluckte sich fast.

»Wie bitte?«, fragte er verdutzt.

»Ja, wenn ich mich weigere. Ich habe keine Lust auf einen Bombenanschlag. Ich bin ein einfacher Mordermittler. Wir haben andere Leute für solche Fälle. Warum soll ausgerechnet ich die Angelegenheit übernehmen?«

Ahrensmeiers Geduld war am Ende. Er schlug mit der flachen Hand auf den Tisch, sodass der Kaffeebecher umkippte und der letzte darin befindliche Schluck unbemerkt ein kleines Rinnsal bildete, das sich langsam einen Weg vom Schreibtisch zu seiner Hose bahnte. »Fricke, wollen Sie mich ärgern? Wenn ich Sie ins Landgericht schicke, dann bewegen Sie sich ins Landgericht. Ich bin hier der Chef! Und jetzt raus hier«, schrie er mit hochrotem Kopf.

Fricke stand auf, öffnete die Bürotür und wollte sie gerade wieder hinter sich schließen, als er von Ahrensmeier zurückgerufen wurde: »Sollten wir die Kosten übernehmen müssen, werden Sie nicht im teuersten Hotel absteigen. Haben Sie gehört? Unsere Spesen sind begrenzt. Denken Sie daran. Nehmen Sie sich ein paar Brote mit, dann können wir zumindest am Frühstück sparen.«

»Warum nicht gleich ein Zelt und ein Schlafsack?«, konterte Fricke.

»Na dann«, sagte Ahrensmeier, »kaufen Sie sich am besten schon mal ein Zwei-Mann-Zelt und zwei Schlafsäcke.«

»So weit sind wir noch nicht, Chef«, lächelte Fricke.

»Und ich sage es, wie es ist: Wenn Sie so weitermachen, wird da auch nichts draus.«

»Haben Sie heute einen Clown gefrühstückt, Fricke? Es ist Samstagfrüh. Eigentlich sollte ich noch zu Hause in meinem Bett liegen und später gemütlich mit meiner Frau frühstücken. Stattdessen sitze ich hier und muss mir Ihre bescheuerten Kommentare anhören. Nach Diskussionen mit Ihnen steht mir so überhaupt nicht der Sinn.«

»Mir geht es auch nicht viel besser. Ich habe einen Mordshunger. Ihre Wachhunde, die mich aus dem Bett geklingelt haben, hätten mich wahrscheinlich erschossen, wenn ich denen gesagt hätte, ich würde gerne noch frühstücken wollen, bevor wir zu Ihnen fahren«, maulte Fricke.

»Na, Sie werden schon nicht vom Fleisch fallen. Ich habe ja auch noch nichts gegessen«, winkte Ahrensmeier ab, griff zum Telefon, wählte eine Nummer und blaffte ein »Kommen Sie mal rein zu mir« in den Hörer.

Fricke verkniff sich jeglichen Kommentar, der ihm bezüglich »vom Fleisch fallen« und der Leibesfülle von Ahrensmeier so einfiel.

Wenige Minuten später öffnete sich, ohne dass zuvor angeklopft worden wäre, die Bürotür, und ein etwa 1,80 Meter großer junger Mann – Fricke schätzte ihn auf etwa 30 Jahre – nickte Fricke und Ahrensmeier lächelnd zu.

»Herr Oppermann, das ist Hauptkommissar Fricke«, stellte Ahrensmeier vor und erwiderte den Gruß ebenfalls mit einem Kopfnicken. »Fricke, das ist Lars Oppermann. Ihr Partner für die nächsten drei Monate. Nehmen Sie ihn mit zur Staatsanwaltschaft.«

Fricke glaubte, sich verhört zu haben.

»Ich soll einen Part... Warum soll ich ... Was reden Sie denn da, Chef?«

Fricke hatte Mühe, die Situation zu begreifen, holte tief Luft, rief innerlich nach Buddha, wie immer, wenn er sich zwingen musste, gelassen zu bleiben, und setzte neu an: »Wie jetzt, Partner? Sie meinen Partner wie Partner, ja? Er soll mit mir zusammenarbeiten? Das kommt überhaupt nicht infrage«, empörte er sich.

»Ich diskutiere nicht, Fricke. Wenn Sie mir zugehört hätten, dann wüssten Sie das. Ich habe es Ihnen vorhin erklärt: Ich habe keine Lust auf Diskussionen. Oppermann wird die nächsten drei Monate in die Mordkommission reinschnuppern und dann zum BKA wechseln. Also zeigen Sie ihm, wie wir unsere Fälle lösen«, antwortete Ahrensmeier bestimmend.

»Aber ...«, begann Fricke, doch da sauste die Faust seines Vorgesetzten bereits auf den Schreibtisch nieder.

»Raus«, schrie Ahrensmeier und sprang wutentbrannt von seinem Stuhl auf, nachdem der Kaffee sein Ziel erreicht hatte und auf die hellbeige Hose getropft war.

Fricke öffnete die Bürotür und stapfte verärgert den leeren Flur bis zum Treppenhaus entlang. Gefolgt von Oppermann, der immer noch schwieg.

Bis zum Parkplatz fluchte Fricke vor sich hin. Das war eindeutig nicht sein Tag. Erst dieses Überfallkommando an seiner Tür, dann diese ärgerliche Sache, ins Gericht zu müssen, weil Elena ihn angefordert hatte, und nun noch dieser Jungspund, der wie selbstverständlich seine Reisetasche auf die Rückbank warf und sich schließlich wortlos neben Fricke auf den Beifahrersitz fallen ließ.

»Sie haben Gepäck dabei?«, fragte Fricke verwundert.

»Ja, Herr Fricke. Ich bin erst vor einer Stunde aus Hannover hier angekommen und muss mir erst noch ein Hotel suchen. Herr Ahrensmeier sagte allerdings, dass wir sofort zum Landgericht müssten, also wird meine Hotelsuche wohl warten müssen«, antwortete der Neue und lächelte. Fricke fiel auf, dass er das schon die ganze Zeit getan hatte.

Sieh an, dachte er, wahrscheinlich hatte Elena Ahrensmeier ordentlich Honig ums Maul geschmiert, sodass dieser um 6 Uhr morgens einfach zugestimmt hatte, Fricke abzustellen und ihm dann auch noch einen Partner aufs Auge zu drücken. Es schmeckte ihm gar nicht, dass man einfach so über ihn bestimmte – schon gar nicht Elena – und er wie ein Dackel brav gehorchen sollte.

»Verdammt. Ich habe keinen Bock auf die Scheiße«, fluchte er, während er den Motor seines BMW startete. Eines nahm er sich in diesem Moment ganz fest vor: Er würde sich nicht wieder von ihr um den Finger wickeln lassen. Er hatte es geschafft, in den letzten Monaten Abstand von ihr zu halten. Hatte sich dabei ertappt, wie er zwischenzeitlich sogar nicht mal mehr an sie dachte. Und jetzt forderte Madame ihn einfach an, als sei er ihr

Leibeigener – und das auch noch am Wochenende. So lief das aber nicht. Sie glaubte wohl, alle würden sofort springen, sobald sie rief. Aber nicht mit ihm. Diesmal war sie wirklich zu weit gegangen.

KAPITEL 6

Samstag, zwischen Eckernförde und Kiel, 11.30 Uhr

Fricke raste mit Tempo 150 über die B76, nachdem er kurz zu Hause vorbeigefahren war und seine Reisetasche gepackt hatte, während Oppermann im Wagen wartete. Er schaltete das Radio an, damit das Schweigen nicht peinlich wurde. Fricke sprach bewusst nicht, da er sich erst beruhigen wollte, bevor er Oppermann vielleicht etwas an den Kopf warf, wofür er sich hinterher würde entschuldigen müssen. Oppermann hingegen spürte, dass Fricke übel gelaunt war, und wusste nicht, womit er ein Gespräch beginnen sollte. Fricke war die kurze Strecke zum Landgericht bemüht, Buddha zu finden, um seine Gelassenheit zurückzugewinnen. Er war vor einigen Jahren zum Buddhismus gewechselt, in dem er die Ruhe und Ausgeglichenheit fand, die er brauchte. Aber Buddha war wohl bereits ausgestiegen, als Fricke das Tempolimit von 120 Stundenkilometern zum ersten Mal überschritten hatte. Oppermann, der sich vornahm, seine Lockerheit nicht zu verlieren, wurde mit Blick auf den Tachometer immer unruhiger.

Fricke wählte über die Freisprechanlage die Handynummer der Staatsanwältin.

»Fricke, da sind Sie ja. Ich dachte, Ahrensmeier hätte Sie schon ganz früh aus dem Bett geholt«, begrüßte

Elena Karinoglous ihn. Frickes schlechte Laune stieg ins Unermessliche, als er den leisen Stich verspürte, weil sie ihn wieder siezte. Madame war also mal wieder darauf aus, Distanz zwischen ihnen zu schaffen. Bei Elena schwankte das beliebig hin und her. Er ärgerte sich. Obwohl ja eigentlich er das mit seinem Fortgang aus Kiel herausgefordert hatte. Er hatte die Distanz gewollt.

»Ja, hat er. Ihnen auch einen schönen guten Morgen, Frau Staatsanwältin. Obwohl der alles andere als schön ist. Was soll ich im Gericht?«, fragte er verärgert und biss in sein Käsebrötchen, das er sich zuvor bei einem Bäcker auf halber Strecke in Gettdorf gekauft hatte. Oppermann schien der Appetit vergangen zu sein, denn er hatte darauf verzichtet, sich ebenfalls etwas Essbares für die Fahrt zu kaufen. Was er nun beim Blick auf die Tachonadel als weise Entscheidung wertete.

»Hat Ihnen Ahrensmeier nicht bereits erzählt, was auch mich um diese Zeit am Wochenende ins Gericht führt?«, fragte sie.

»Sie meinen, außer der Tatsache, dass Sie mangels eines erfüllten Privatlebens offensichtlich nichts Besseres zu tun haben? Ja, hat er. Ihr seid hoffnungslos überlastet oder so. Außerdem soll es einen Bombenanschlag gegeben haben. Ich frag mich nur, warum ausgerechnet ich mich darum kümmern muss?«

Elena ignorierte die Stichelei geflissentlich. »Sind Sie etwa schon wieder mal am Essen?«, fragte sie stattdessen, obwohl sie die Antwort bereits kannte. »Sie nuscheln so, als hätten Sie den Mund voll.«

»Entschuldigung. Ich hatte keine Zeit zum Frühstücken. Erst holt mich so ein Überfallkommando um 8 Uhr aus dem Bett, und dann hetzt Ahrensmeier mich weiter zum Gericht. Irgendwann muss ich ja schließlich was zu mir nehmen. Und jetzt sagen Sie mir endlich, was ich bei Ihnen soll!«, forderte er sie erneut auf und vergaß dabei ganz, sich auch noch über die Tatsache zu beschweren, dass ihm ein neuer Partner zur Seite gestellt worden war.

»Nun regen Sie sich mal wieder ab, Fricke. Es gab Zeiten, da waren Sie gelassener. Was macht denn Ihr Buddha? Der hat wohl am Samstag frei, ja?« Sie wusste seit ihrem letzten gemeinsamen Fall, den sie intern »Blutvilla« genannt hatten, dass er wöchentlich, und das bereits seit Jahren, einen buddhistischen Tempel besuchte, um Gelassenheit und Ruhe zu finden.

»Der verzieht sich komischerweise immer, wenn ich mit Ihnen zu tun habe«, antwortete er. »Ich drehe sofort um, wenn Sie mir nicht augenblicklich sagen, warum ich auf dem Weg zu Ihnen bin.«

Sie wollte seine Geduld nicht weiter auf die Probe stellen und nahm sich vor, sich ihrerseits nicht mehr darüber zu ärgern, dass er wieder mal mit vollem Mund mit ihr gesprochen hatte. Und dazu auch noch schlecht gelaunt und unfreundlich war. Sie kannte ihn inzwischen schließlich gut genug, um zu wissen, dass er sich niemals ändern würde. Während ihres letzten Falles waren sie beide sich nähergekommen. Eigentlich hatten sie längst Du zueinander gesagt, sich aber am Ende doch dafür entschieden, wieder zum Sie zurückzukehren. Besser gesagt, hatte sie es entschieden. Es schuf einfach die nötige Distanz zueinander, die sie offensichtlich brauchten, um vernünftig zusammenzuarbeiten. Dennoch fiel es beiden schwer, nicht ständig die Nähe des anderen zu suchen. Nie aber hätten sie voreinander zugegeben, dass sie ohne einander nicht konnten. Oder nicht wollten. Oder beides.

Sie wiederholte, was Fricke bereits von Ahrensmeier wusste, nämlich, dass eine Bombe in einem Kleinbus hochgegangen war und die Staatsanwaltschaft überlastet sei. Ebenso sei bei der Kripo in Kiel die halbe Mannschaft im Urlaub oder krank. Deswegen hatte sie ihn angefordert. »Außerdem sind Sie der beste Ermittler«, fügte sie hinzu und wusste genau, dass sie mit dieser Bemerkung seinem Ego schmeichelte. Davon abgesehen war das Lob ehrlich gemeint.

Fricke ging nicht darauf ein. »Wann wurde die Bombe denn gezündet?«, fragte er sachlich und ärgerte sich insgeheim, dass er kein weiteres Brötchen gekauft hatte – seines war längst aufgegessen und er hatte immer noch Hunger.

»Gestern früh, gegen 7 Uhr«, antwortete die Staatsanwältin.

Für einen kurzen Moment herrschte Schweigen in der Leitung. Elena konnte Frickes Verwunderung förmlich hören und ahnte seine nächste Frage.

»Gestern früh? Und warum werde ich dann erst heute informiert, wenn ich den Fall übernehmen soll? Was ist mit den bisherigen Ermittlungen? Herrgott noch mal«, fluchte er.

»Ich werde die Akten gleich vorliegen haben. Die Kripo schickt sie mit einem Boten rüber.«

»Die Bombe geht gestern früh hoch. Die Ermittlungen laufen, und nun soll ich die Sache übernehmen. Einen Tag später? Das ist doch nicht die ganze Geschichte. Komm schon, was ist los? Halt mich nicht für blöd. Wie gesagt, ich bin noch einige Kreuzungen vom Gericht entfernt. Ich dreh bei der nächsten um, wenn du nicht mit der Sprache rausrückst.« In seinem Ärger war er zum Du gewechselt. Er fand es ohnehin affig, dass sie sich wieder siezten. War ja auch ihre Idee gewesen.

Im Grunde freute Elena sich darüber, dass er Lunte gerochen hatte und ahnte, dass mehr hinter der Sache steckte, als man ihm weismachen wollte. Genau das machte ihn zu dem Ermittler, als den sie ihn schätzte. Auf der anderen Seite aber war ihr die Situation unangenehm.

»Können wir nicht in Ruhe darüber sprechen, wenn Sie hier sind? Ich habe im Atlantic Hotel ein Zimmer auf Ihren Namen reserviert. Nicht das günstigste, aber ich dachte, eine stilvolle Umgebung täte Ihnen ganz gut. Dann brauchen Sie auch nicht extra jeden Tag aus Eckernförde anzureisen. Hat Ihr Navi eine Hotelsuche?«

Fricke gab sich geschlagen. Außerdem hatte sie ihn neugierig gemacht. »Ja, ich werde es schon finden«, lenkte er deshalb ein. Auf die Bemerkung mit dem Stil ging er bewusst nicht ein. So leicht wollte er sich nicht provozieren lassen. »Gibt es dort ein Restaurant?«, fragte er stattdessen.

»Ja, sicher. Aber …«

»Dann dürfen Sie mich dort um 13 Uhr zum Essen einladen und mir Ihre Geschichte erzählen«, beschied er sie und beendete das Telefonat, ohne eine Antwort abzuwarten.

Seine Laune hätte nicht schlechter sein können. Er hasste es, wenn man ihn an einem Samstag in aller Frühe aus dem Bett holte, er hasste es, wenn er hungrig war, und er hasste es, nicht zu wissen, was ihn erwartete. Über einen Punkt war er sich aber im Klaren: Die Kollegen vor Ort würden nicht sehr angetan davon sein, bei diesem Fall eine Staatsanwältin wie Elena vorgesetzt zu bekommen, die noch dazu ihren eigenen Ermittler anforderte. Das kam der Aussage gleich: Ich traue euch nicht zu, den Fall zu lösen. Das würde ein schönes Wiedersehen mit seinem alten Kollegenkreis geben. So hatte er sich sein Wochenende wahrhaftig nicht vorgestellt. Als er schließlich rund eine Stunde später seinen Wagen auf dem Gerichtsparkplatz abstellte und mit Oppermann auf dem Weg ins Gebäude war, hatte sich an seiner Gemütslage wenig geändert.

KAPITEL 7

Samstag, Landgericht Kiel, 11 Uhr

Elena lief die Treppe hinauf in den ersten Stock, durchquerte den Ostflur, an dessen Ende sich ihr Büro befand, und hatte etwas Mühe, ihre Tür zu öffnen, die immer mal wieder klemmte.

»Kann ich Ihnen helfen?«, hörte sie eine Stimme hinter sich und fuhr erschrocken herum.

Für einen Sekundenbruchteil erstarrten beide.

»Elena?«, zuerst kam es zögerlich von ihrem Gegenüber, dann noch mal freudig überrascht, und plötzlich fühlte die Staatsanwältin sich hochgehoben und einmal rundherum gewirbelt. Als der Mann sie endlich wieder auf dem Boden absetzte, sah sie sich verstohlen um, aber außer ihnen war keiner da, der die Situation beobachtet haben könnte.

»Hallo, Sebastian«, brachte sie schließlich heraus.

»Ich bin gekommen – um dich wiederzusehen. Endlich!«, verkündete er sichtlich erfreut.

Er hatte sich kaum verändert. Mit seinen schlaksigen 1,80 wirkte er immer noch genauso jung wie damals.

»Gut siehst du aus«, stellte sie lächelnd fest.

»Ha, das sollte ich zu dir sagen!« Er nahm sie bei der Hand und ließ sie am ausgestreckten Arm einmal um sich selbst drehen. »Du bist noch hübscher geworden, auch wenn ich das niemals für möglich gehalten hätte«, stellte er fest und pfiff leise durch die Zähne. »Ich suche das Zimmer 1.04«, erklärte er dann.

»Das ist gleich hier um die Ecke. Mein Büro ist es allerdings nicht!«

»Ich weiß, aber meines. Ich bin für einen Fall hier eingesetzt worden«, antwortete Sebastian, der eigentlich bei der Staatsanwaltschaft in Hamburg arbeitete. So viel wusste sie noch. »Wir sind jetzt also vorübergehend Kollegen«, er machte eine gespielte Verbeugung.

»Na, dann werde ich dir mal dein zukünftiges Büro zeigen«, lächelte Elena.

Sie zog ihn an der Hand um die Ecke in ein etwas verborgen gelegenes Zimmer. Es war klein, aber ordentlich, ein leerer Schreibtisch befand sich darin, außerdem ein Schrank und eine verwelkte Zimmerpflanze. Sebastian legte seine Jacke ab. Der Raum würde ihm für seinen Aufenthalt hier genügen.

Elena ergriff erneut seine Hand und setzte ihren Rundgang fort. Sie zeigte ihm, wo unter der Woche die Sekretärinnen saßen, und erklärte, wer den besten Kaffee zubereitete. Am Montag wollte sie ihm alle vorstellen.

»Danke, Elena«, zeigte Sebastian sich erleichtert, nachdem sie ihren Rundgang beendet hatten. »Deinetwegen wird der Einstieg hier ein Kinderspiel sein.« Er lächelte. »Ich weiß, du hast sicher viel zu tun – warum wärst du sonst an einem Samstag hier? Bei dir kommt bestimmt immer noch die Arbeit zuerst und dann lange nichts ...« Er zögerte. »Oder gibt es mittlerweile einen Herrn Karinoglous, einen anderen Mann außer mir in deinem Leben?«

Elena hob ausweichend die Hände.

»Für einen kleinen Plausch mit mir hast du doch aber sicher Zeit, oder? Gegenüber habe ich ein Café gesehen. Sieht gemütlich aus.«

Elena warf einen Blick auf ihre Uhr, dann nickte sie.

»Na, komm schon, gehen wir.«

Als sie kurz darauf in dem netten Jugendstil-Café vor ihren Cappuccinos saßen, sah Sebastian ihr erneut in die Augen. »Ich hätte dich damals nicht gehen lassen sollen, das war ein Fehler. Keine danach konnte dir das Wasser reichen.«

Elena winkte ab. »Ach, Sebastian, rede keinen Unsinn. Das mit uns ist ewig her und wir waren noch jung damals. Klar, es war eine schöne Zeit, aber wir zwei hätten uns auf die Dauer umgebracht, glaub mir.«

»Also hör mal, jetzt übertreibst du aber!« Er zwinkerte ihr verschwörerisch zu. »Und einen Mord traue ich dir ganz bestimmt nicht zu, auch wenn du es mit der Einhaltung der Gesetze damals nicht so genau genommen hast.«

Elena hob überrascht die Augenbrauen. Auf was spielte er denn jetzt bitte an?

»Miss Karinoglous war in unserer WG diejenige, die die Lautstärkeregler der Stereoanlage auch nach Mitternacht nicht runterdrehte. Erinnerst du dich? Konntest du dir auch leisten, weil der Polizist, der dann meist vorbeikam, sich lieber ausführlich mit dir unterhalten hat, als dafür zu sorgen, dass du die Musik leiser machst.«

Elena lächelte. Ja, sie konnte sich erinnern. In ihrer gemeinsamen Juristen-WG gab es natürlich die eine oder andere Party. Und Musik gehörte dazu – auch laute. Bruce Springsteen, »Born in the USA«, das konnte man ja wohl schlecht leise hören. Und ja, der kontrollierende Polizist war leicht zu überzeugen gewesen. Der hätte am liebsten mitgefeiert.

»Na, wenn das alles ist!« Sie lachte erleichtert auf.

»Nein, nein, da war noch mehr. Stichwort Einbruch.«

Elena verdrehte die Augen. »Du meinst den Basketballplatz in der Schule.«

»Ganz genau! Nur weil Elena um 23 Uhr der Sinn nach Basketball steht und die männlichen WG-Bewohner ihr hörig sind, haben wir kurzerhand das Türschloss aufgebrochen.«

»Pscht«, machte Elena und sah sich grinsend nach Mithörern um.

»Aber das war ja noch harmlos.«

»Nein, bitte, Sebastian«, sie schüttelte heftig die Locken, »ich will nichts mehr von den alten Schandtaten hören.«

»Ich sage nur Klein Wittensee. Nacktbaden bei Nacht … und dann …«

»Schluss jetzt, Sebastian!«, Elena legte ihm die Hand auf den Mund. »Ich will kein Wort mehr hören!«

Er streifte ihre Hand ab und hielt sie fest. »Sehr wohl, Frau Staatsanwältin, ich habe verstanden. Ich sage nichts mehr. Kein Sterbenswörtchen wird über meine Lippen kommen. Versprochen!«

»Danke schön.« Ihre Miene wurde ernst. »Wir haben andere Probleme. Ich nehme an, du hast mitbekommen, was gestern früh hier geschehen ist?«

Elena war sich sicher, dass Sebastian besser informiert war als sie. Das war schon immer so gewesen. In Klein Wittensee hieß es immer: Frag den Sebastian, der weiß alles. In Sachen Klatsch und Tratsch war er stets auf dem neuesten Stand.

Plötzlich war alle Leichtigkeit zwischen ihnen verflogen. Sebastian ließ ihre Hand los und wischte sich mit dem Ärmel über die Stirn. »Ja, natürlich. Ehrlich gesagt, ich bin wie unter Schock. Ich kann noch gar nicht richtig fassen, was da passiert ist.« Betroffen sah er ihr in die Augen.

Elena nickte. Ihr ging es ähnlich. Wirklich schlimme Dinge brauchten manchmal Zeit, um zu einem durchzudringen.

»Kannst du mir etwas über die Hintergründe erzählen? Bist du für diesen Fall herbeordert worden?«, fragte sie.

Sebastian schüttelte den Kopf. Aber sie hatte richtig vermutet, er war bestens informiert.

»Du weißt ja, dass Markus, Dieter und ich eine Art Dreigespann waren. Wir haben uns regelmäßig getroffen, sind um die Häuser gezogen. Im letzten Jahr wurden unsere Treffen dann immer seltener. Markus arbeitete wie ein Irrer, um Partner in der Kanzlei zu werden, während Dieter da nur noch rauswollte. Ich habe immer vermutet, dass er einen Burn-out hatte, obwohl er das nicht wirklich zugeben wollte. Aber er hoffte, mit der eigenen Unternehmensberatung mehr Freiheit zu haben, mehr Ruhe. Und Markus konnte das nicht verstehen. Kennst ihn ja. Er war wie früher. Grenzenlos ehrgeizig. Irgendwann hat es zwischen den beiden richtig geknallt,

weil Markus mit der Kanzlei gegen die Unternehmensberatung geklagt hat. Den Fall suche ich dir noch raus.«
Er zögerte. »Und dann war da noch diese Frau.«

»Susanne Winter?«, fragte Elena dazwischen.

Sebastian nickte. »Du kennst sie also auch?«, fragte er.

»Flüchtig«, gab sie zurück. »Was ist mir ihr?«

»Ich kann es gar nicht so genau sagen. Aber früher
hatte Markus eher so nette kleine Mädchen an seiner
Seite. Doch dann kam Susanne, unmittelbar nach seinem Umzug nach Düsternbrook. Er konnte es sich
ja schließlich leisten, nach der Einstellung bei dieser
Kanzlei. Wir fanden Susanne von Anfang an irgendwie – hart. Gefühllos. Geld besaß sie selbst genug, von
ihrem verstorbenen Ehemann, einem Baulöwen – also
aus finanziellen Gründen hat sie sich Markus nicht
gekrallt. Aber aus Liebe? Dieter und ich haben nicht
daran geglaubt. Es ist bestimmt schon ein halbes Jahr
her, dass wir uns das letzte Mal getroffen haben. Und
jetzt …«

Elena merkte, dass Sebastian um Fassung rang, als
ob ihn gerade erst die Erkenntnis getroffen hätte, dass
sein Freund im Koma lag. Für Gefühlsausbrüche hatte
sie jetzt aber keine Zeit. Sie versuchte, das Gespräch auf
eine sachliche Ebene zurückzuführen.

»Siehst du Motive? Verdächtige? Irgendetwas?«

Sebastian schluckte. »Elena, auch wenn man mir das
nicht anmerkt, ich habe seit gestern keinen klaren Gedanken fassen können. Bitte, gib mir ein, zwei Tage Zeit, dann
schreibe ich alles auf, was mir zu der Sache einfällt, und
dann setzen wir uns zusammen.«

»Okay.« Elena nickte. Das klang nach einem vernünftigen Vorschlag.

Es wurde allmählich Zeit, ins Gericht zurückzukehren. Sebastian ließ es sich nicht nehmen, Elenas Kaffee zu bezahlen, und begleitete sie anschließend in ihr Büro.

»Auf gute Zusammenarbeit, Frau Staatsanwältin«, zwinkerte er ihr zu, bevor er den Raum verließ und die Tür hinter sich schloss.

Kaum war er gegangen, schweiften Elenas Gedanken in die Vergangenheit ab. Sie waren jung gewesen damals, hatten gerade ihr Studium beendet. Obwohl sie auch damals schon ehrgeizig und zielstrebig gewesen war, hatte sie doch vieles noch leichter genommen als heute, hatte gerne jeden Unsinn mitgemacht. Vielleicht sollte sie versuchen, wieder etwas von ihrer früheren Leichtigkeit zurückzugewinnen.

Wie lang war sie überhaupt mit Sebastian liiert gewesen? Ein halbes Jahr, ein Jahr? Sie wusste es nicht mehr genau. Sie selbst hatte ihre Beziehung auch nicht als allzu ernsthaft eingestuft, eher als lockere Verbindung. Sie hatte wohl immer schon gewusst, dass der leichtfertige Sebastian nicht der Mann ihres Lebens war. Sie konnte sich auch an keine wirkliche Trennung erinnern. Die Sache war einfach irgendwann im Sande verlaufen.

Ach ja, der Wittensee, das waren noch Zeiten gewesen …

KAPITEL 8

Nachdem Oppermanns Magen mehrfach vernehmlich geknurrt hatte, machte Fricke an einem kleinen Café am Ortsrand halt, wo sie ausgiebig frühstückten. Das Käsebrötchen, das Fricke bereits während der Fahrt gegessen hatte, hatte ihn ohnehin nicht gesättigt.

Während des Essens suchte der Kommissar das Gespräch mit seinem neuen Kollegen. Er wusste, dass seine ablehnende Haltung nicht sehr förderlich war, wenn er mit Oppermann gut zusammenarbeiten wollte.

Er erfuhr, dass sein junger Kollege nach der Zeit bei der Mordkommission noch für sechs Monate bei der Drogenfahndung arbeiten und zum Jahresende schließlich zum BKA nach Wiesbaden wechseln würde. Fricke empfand es als angenehm, dass Oppermann während ihres Gesprächs kein Wort über das in seinen Ohren sicher merkwürdige Telefonat mit der Staatsanwältin verlauten ließ.

Kurz vor 13 Uhr endlich kamen die beiden Beamten dank Navi im von Elena reservierten Atlantic Hotel an. Fricke parkte den BMW auf dem hoteleigenen Parkplatz gegenüber und lief mit seiner Reisetasche neben Oppermann bis zur Rezeption.

»Guten Tag, Fricke mein Name. Es ist ein Zimmer

reserviert worden, wahrscheinlich auf meinen Namen«, erklärte er der jungen Empfangsdame lächelnd.

Sie lächelte zurück, übergab ihm die Karte zum Öffnen der Tür mit dem Hinweis auf die Zimmernummer und wünschte ihm einen angenehmen Aufenthalt.

Fricke räusperte sich. »Ich brauche noch ein Zimmer«, erklärte er und zeigte dabei auf Oppermann, der neben ihm stand. Auf gar keinen Fall wollte er den Eindruck erwecken, er und sein Kollege wären ein Pärchen, das vorhatte, sich ein Zimmer zu teilen.

Die Rezeptionistin hob entschuldigend die Hände: »Es tut mir leid, wir haben Messe in der Stadt. Alle Zimmer sind vergeben.«

»Ein klitzekleines Einzelzimmer?«, bat Fricke und setzte einen Blick auf, von dem er überzeugt war, die Frau könne ihm nicht widerstehen.

»Leider nein«, enttäuschte ihn die junge Dame. »Aber da es sich bei Ihrem Zimmer um ein Doppelzimmer handelt, kann Ihre Begleitung …«

Fricke stöhnte: »Eine Liege vielleicht, irgendwo in der Besenkammer?«

Oppermann räusperte sich vernehmlich.

»War nur ein Spaß. Na gut, da kann man wohl nichts machen. Danke trotzdem«, verabschiedete Fricke sich und lief, von Oppermann gefolgt, zu den Aufzügen.

In der dritten Etage angekommen, suchte Fricke das richtige Zimmer. Er hatte beschlossen, sich seine schlechte Laune nicht weiter anmerken zu lassen. Er öffnete die Tür und ließ Oppermann zuerst ins Zimmer treten. Der schritt lächelnd an Fricke vorbei und blieb nach wenigen

Schritten schweigend vor dem Bett stehen. Als Fricke die Tür geschlossen hatte und seinem Kollegen nachgekommen war, sah er, warum dieser betreten aufs Bett starrte.

Es gab nur eine Decke.

»Öhm, also …«, setzte Oppermann an.

»Sagen Sie nichts. Ich muss jetzt zur Staatsanwältin und in Erfahrung bringen, was ich hier soll. Rufen Sie bei der Rezeption an, die sollen uns gefälligst eine zweite Decke bringen«, bestimmte Fricke. Heute lief aber auch gar nichts glatt.

»Herr Fricke, ich hätte einen anderen Vorschlag. Da Herr Ahrensmeier mir gesagt hat, ich solle mich an Ihre Fersen heften und für die nächsten drei Monate Ihr Partner sein, gehen wir jetzt zusammen runter zur Rezeption, fragen nach der Decke und machen uns dann gemeinsam auf den Weg ins Restaurant zur Staatsanwältin. Ich wäre nämlich gerne dabei, wenn Sie mit ihr sprechen«, erklärte Oppermann mit Blick auf seine Armbanduhr und ließ an seinem Tonfall erkennen, dass dies entgegen seiner Formulierung ganz und gar nicht als Vorschlag gemeint war.

Fricke wusste zunächst nicht, was er dazu sagen sollte. Nach wenigen Sekunden allerdings musste er sich eingestehen, dass Oppermann Schneid hatte.

»Einverstanden«, gab er sich daher geschlagen, »ich ziehe mich nur noch schnell um.« Er öffnete seine Reisetasche und holte ein frisches Hemd heraus.

»Oh, ganz schön zerknittert, was?«, bemerkte Oppermann, als Fricke das Hemd auf dem Bett ausbreitete. »Aber schauen Sie mal hier, die bieten einen Bügelservice an.« Er hob die Servicekarte des Hotels vom Tisch hoch.

Fricke nahm ihm kurzentschlossen die Karte aus der Hand, griff zum Telefon und wählte die Rezeption an. Er bestellte eine zweite Decke und orderte den Bügelservice. Bei der Vorstellung, wie Ahrensmeier nach Abschluss des Falles die Kostenaufstellung studierte und dabei auf die Inanspruchnahme des Bügelservice stieß, musste er unwillkürlich grinsen. Der Ausbruch des Vesuvs wäre nichts dagegen.

»Fünf Minuten, dann holen die meine Hemden ab«, erklärte er seinem Kollegen. Anschließend nahm er sein Handy aus der Hosentasche und wählte die Nummer der Staatsanwältin.

»Ich bin im Hotel. Sind Sie schon unten im Restaurant?«, fragte Fricke, nachdem Elena sich gemeldet hatte.

Er wusste, dass sie es nicht leiden konnte, wenn er ein Telefonat grußlos begann. Heute war es ihm egal.

»Ja, das bin ich. Kommen Sie runter. Ich sitze an einem Fenstertisch. Es ist bereits nach eins. Sie sind zu spät«, entgegnete Elena und beendete, entgegen ihrer sonstigen Gewohnheit, das Telefonat, ohne sich zu verabschieden.

Na, das kann ja heiter werden, dachte Fricke.

Kaum hatte er sein Handy weggelegt, klopfte es an der Tür. Oppermann eilte durch den winzigen Flur, um sie zu öffnen, und kam gleich darauf mit einer Hotelangestellten ins Zimmer zurück. Fricke übergab ihr seine fünf Hemden und ließ sich bestätigen, dass er sie in einer Stunde wiederbekäme. Wenn er nicht auf dem Zimmer sei, würde sie seine Hemden in den Schrank hängen, versicherte die Angestellte. Fricke war zufrieden. An seinen Hemden sollte Elena nichts auszusetzen haben. Allerdings verfehlte das Exemplar, das er momentan trug, ihre Ansprüche bei Weitem. Was soll's, dachte er trotzig. Das hatte sie eben davon, wenn sie glaubte, am Wochenende über ihn verfügen zu können, wie es ihr beliebte.

Elena kam gerade von der Toilette zurück, als sie sah, wie Fricke das Restaurant betrat, begleitet von einem ihr unbekannten Mann, mit dem er sich offenbar unterhielt. Ein wohliges Kribbeln erfüllte sie beim Anblick des Kommissars. Wenn Sven Fricke einen Raum betrat, kam eine ganze Welle Lässigkeit und Charme mit ihm herein.

Gerade hatte sie ihre Hand gehoben und wollte ihn zu sich rufen, weil er sie noch gar nicht bemerkt hatte, als sie sah, wie er sich umdrehte und der blonden Kellnerin nachblickte, die einen Rock trug, der nur knapp unter ihren Pobacken endete. Als sie gerade so an ihm vorbei war, machte er eine unauffällige Handbewegung, als gäbe er ihr einen Klaps auf das Hinterteil, und grinste anzüglich zu dem Mann, der neben ihm lief. Beide lachten der Frau hinterher, die von alldem nichts mitbekommen hatte.

Elena ließ ihre Hand sinken und atmete tief durch. Okay, Sven Fricke, so ist das also. Jede Frau mit einem kurzen Rock ist Freiwild für dich.

Sie schüttelte ihre langen, dunklen Locken. Konnte es sein, dass sie sich von ihrem Treffen zu viel versprochen hatte? Sie erinnerte sich genau an die Nacht, in der sie gemeinsam ihren letzten Fall abgeschlossen hatten. Sie war vollkommen am Ende gewesen nach den Stunden in der Gewalt dieser Irren, und er hatte sich liebevoll um sie gekümmert. Hatte sie nach Hause gefahren, ihr warmes Wasser in die Badewanne gelassen, ihr etwas zu essen zubereitet, sie anschließend – gentlemanlike – ins Bett gebracht und sich von ihr verabschiedet. Und trotz der Schmerzen, die sie am ganzen Körper gehabt hatte, hatte sie sich in seiner Gegenwart unglaublich wohlgefühlt. Und geglaubt, dass da etwas Besonderes zwischen ihnen war.

Noch einmal atmete sie tief durch und ging zu den beiden Männern, die suchend in der Mitte des Restaurants standen.

»Guten Tag, Herr Fricke! Dort drüben ist mein Tisch.«

»Hallo, Frau Staatsanwältin.« Ein spöttischer Zug lag um seinen Mund bei dieser offiziellen Anrede.

Ohne die Begrüßung weiter auszubauen oder gar seinen Begleiter vorzustellen, ging er schnurstracks auf den Tisch zu, zu dem sie gedeutet hatte, und setzte sich.

Als sie mit Oppermann nachgekommen war und ihn fragend ansah, fuhr er sich seufzend durchs Gesicht. »Ahrensmeier kam auf die glorreiche Idee, mir einen Partner zur Seite zu stellen. Für drei Monate, weil er … ach, ist ja auch egal. Sagen Sie mir lieber, was los ist und warum ich hier mit Ihnen an diesem Tisch sitze und den Samstag nicht, wie es sich gehört, auf meiner Couch in Eckernförde verbringe«, forderte er sie auf und sah Elena nun seinerseits fragend an.

Sie ging nicht darauf ein. Betont höflich gab sie Oppermann die Hand und stellte sich ihm vor. Anschließend bat sie ihn, sich zu setzen, und schenkte Fricke einen missmutigen Blick. Anstatt wie Oppermann zu warten, bis die Dame ihm einen Platz anbot, war der schon längst dabei, ein alkoholfreies Bier zu bestellen.

»Alkoholfrei, Fricke? Sind Sie krank?«, fragte Elena zynisch.

»Nein, aber ich weiß ja nicht, was mich heute noch erwartet. Also? Verraten Sie mir jetzt, was los ist?«

Elena seufzte. Es war lange her, dass sie sich das letzte Mal gesehen hatten. Vor etwa drei Monaten musste Fricke bei Gericht eine Zeugenaussage machen. Er hatte sie anschließend in ihrem Büro besucht, sie zum Kaffee eingeladen und sich danach mit den Worten »Man sieht sich« verabschiedet. Dabei war es geblieben. Seitdem herrschte Funkstille zwischen ihnen, und sie hatte nie verstanden, warum er sich nicht bei ihr meldete. Kurz zuvor noch hatte er ihr unverhohlen sein Interesse gezeigt. Vielleicht aber war das ja inzwischen erloschen?

Sie riss sich zusammen. Es gab schließlich Wichtigeres zu tun, als den Befindlichkeiten dieses Kommissars auf den Grund zu gehen. »Also. Gestern Morgen wollte die Anwaltskanzlei Bartelsen & Partner zu ihrem alljährlichen Betriebsausflug aufbrechen. Es sollte in ein Golfhotel in den Schwarzwald gehen. Dafür mietete die Belegschaft einen Kleinbus für zwölf Personen an. Einschließlich Fahrer, der vom Busunternehmen gestellt wurde. Noch bevor der Bus mit den Mitarbeitern an Bord losfahren konnte, flog er in die Luft«, erklärte Elena.

»Und? Weshalb genau bin ich dann hier?«

»Weil ich Ahrensmeier darum gebeten habe«, antwortete Elena und sah Fricke ernst an.

»In Kiel gibt es bereits eine Mordkommission. Das wissen Sie ja sicherlich«, gab er zurück.

Elena lehnte sich zurück und betrachtete den Kommissar einen Moment lang. Hatte sie sich nicht gerade noch überlegt, dass er, wenn er gut drauf war, eine Menge Charme und Lässigkeit versprühen konnte? Heute schien er nicht gut drauf zu sein. Von Lässigkeit und Charme jedenfalls war wenig zu spüren. Natürlich sah er gut aus, wie immer. Ob er sich dessen selbst bewusst war, war ihr aber nicht ganz klar. Er hatte etwas Verwegenes mit seinen 1,90, den breiten Schultern und den etwas verwuschelten Haaren – und dem obligatorischen knittrigen Hemd, das er nur bügelte, wenn er ihr gefallen wollte. Heute war es ungebügelt. Ob er ihr damit sein Desinteresse signalisieren wollte?

»Das weiß ich, Herr Fricke, und wenn Sie mich erst mal ausreden lassen würden, würden Sie schnell erkennen, dass Ihre dummen Kommentare völlig überflüssig sind«, konterte sie, wartete einen Moment und erklärte weiter: »Als ich Jura studiert habe und dann anfing, in der Staatsanwaltschaft zu arbeiten, wohnte ich mit einem Mädchen und drei Jungs in einer Wohngemeinschaft. Unsere Wege trennten sich später. Corinne hatte ein Angebot vom Goethe-Institut in Barcelona bekommen und ich bin zur Staatsanwaltschaft hier in Kiel gegangen. Zwei der Jungs, Markus und Dieter, waren schon damals unzertrennlich. Beide gingen zur Staatsanwaltschaft nach Hamburg. Markus war das, was man wohl einen Streber nennt, und sehr verbissen, in allem, was er tat. Er war ein sehr erfolgreicher Staatsanwalt. So erfolgreich, dass irgendwann eine Anwaltskanzlei auf ihn aufmerksam wurde – jene Kanzlei Bartelsen & Partner, deren Bus gestern in die Luft flog. Sie machten ihm ein Angebot, das er nicht ablehnen konnte. Im Anschluss sorgte er dafür, dass auch Dieter bei Bartelsen & Partner anfangen konnte. Bis man Markus die Partnerschaft in der Kanzlei anbot, war alles klar zwischen den beiden Männern. Danach jedoch, als Markus auf Probe zum Partner ernannt worden war, stieg Dieter aus der Kanzlei aus und wurde Unternehmensberater. Er erhoffte sich wohl weniger Arbeit davon. Vor etwa zwei Monaten allerdings führte Bartelsen & Partner einen Prozess gegen seine neue Firma – und dreimal dürfen Sie raten, wer der zuständige Anwalt war.«

»Ihr Bekannter Markus«, antwortete Oppermann.

Fricke warf ihm einen Seitenblick zu, der sagen sollte: Das war keine echte Frage, sondern eine rhetorische, du Hirni, und hör auf, die Frau so anzustarren mit deinem blöden Grinsen.

Ihm war nicht entgangen, dass Oppermann offensichtlich sehr begeistert von Elena war. Er kannte sie und wusste, dass sie sich extra für dieses Treffen zurechtgemacht hatte. Und es war ihr gelungen; sie sah atemberaubend aus. Der enge Rock betonte ihre schmale Silhouette. Dazu trug sie eine klassische weiße Bluse, die wie zufällig einen Knopf zu weit geöffnet war. Ihre Füße steckten wie immer in hochhackigen Schuhen und ihre lange, dunkle Mähne hatte sie seitlich mit ein paar Klammern hochgesteckt. Fricke war klar, dass sie sich nur für ihn so viele Gedanken um ihr Outfit gemacht haben musste, denn mit Oppermann hatte sie ja nicht gerechnet. Oder hatte sie heute etwa noch ein Date? Es war immerhin Samstag.

Elena nickte Oppermann zur Bestätigung lächelnd zu.

»Okay, Sie sagten, drei Jungs. Was wurde aus dem dritten?«, fragte Fricke gereizt. Ihm war immer noch nicht klar, worauf sie mit dieser Geschichte hinauswollte.

»Der Dritte im Bunde war Sebastian. Er ging zur Staatsanwaltschaft Hamburg, während Markus und Dieter später zu besagter Kanzlei wechselten. Momentan ist er übrigens interimsweise bei uns in der Staatsanwaltschaft.«

»Na, da war die Wiedersehensfreude aber groß, wenn er jetzt hier arbeitet, oder?«, kommentierte Fricke.

Elenas Augen funkelten ihn an. »Sind wir irgendwie schlecht drauf, Herr Fricke?«

»Es ist Samstag, und ich liege nicht auf meiner Couch.«

»Oje«, Elena machte ein mitleidiges Gesicht. Wenn sie allein mit ihm gewesen wäre, hätte sie ihm vielleicht noch an den Kopf geworfen, dass dort höchstens ein Käsebrötchen auf ihn wartete. Aber vermutlich war es besser, dass Oppermann da war, so rissen sie sich hoffentlich beide etwas am Riemen.

»Ist Ihr Bekannter in dem Bus ums Leben gekommen?«, fragte Oppermann mitfühlend.

Das war genau die Frage, die Elena sich eigentlich von Fricke gewünscht hätte, nachdem er gehört hatte, dass ihr ehemaliger Mitbewohner einer der Kanzlei-Partner war. Hatte er ihr denn nicht zugehört? Wozu erzählte sie die Geschichte überhaupt! Sie hatte gehofft, dass er sich erkundigen würde, wie es ihr damit ging, dass die Kanzlei ihres Bekannten Ziel eines Attentats geworden war. Aber dieses Feingefühl besaß Fricke nicht. Wenigstens schien er jetzt gespannt auf ihre Antwort zu warten.

»Zum Glück nicht«, sagte sie leise. »Aber er liegt im Koma. Noch können die Ärzte keine sichere Prognose abgeben. Er war zwar zum Zeitpunkt der Explosion nicht im Bus, aber wohl im Parkhaus, in dem der Bus stand, und ist nach der Detonation von einem oder mehreren herumfliegenden Teilen getroffen worden. So heftig, dass er mit dem Hinterkopf gegen einen Betonpfeiler prallte«, antwortete sie.

»Tut mir leid«, bemerkte Fricke knapp.

Elena wusste nicht so recht zu deuten, wie er das meinte. Tat es ihm um Markus leid oder darum, dass sie nun hier saß und sich sorgte? Noch bevor sie sich selbst eine Antwort darauf geben konnte, holte er sie rüde aus ihren Überlegungen.

»Okay, und nun kommen wir zu der Frage, warum wir hier gemeinsam an einem Tisch sitzen. In einem Parkhaus ging eine Bombe hoch, mehrere Menschen starben, wie ich annehme, und ein Mann liegt im Koma. Nichts, worum sich nicht auch die Kripo Kiel kümmern könnte, oder?«

»Verstehen Sie denn nicht, Fricke? Ich kenne Markus Lohmann gut und es ist mir ein persönliches Anliegen, die Sache selbst zu übernehmen. Außerdem kenne ich das Ehepaar Bartelsen aus einem dreiwöchigen Praktikum in der betreffenden Kanzlei. Des Weiteren handelt es sich hier um mehrfachen Mord sowie im Fall von Markus um versuchten Mord, und das mittels einer

Bombe. Was für Gründe brauchen Sie noch?«, antwortete Elena und hoffte, er würde endlich ein Einsehen haben.

»Erklären Sie mir mal Folgendes: Gestern Morgen fliegt der Bus mit der Besatzung einer renommierten Anwaltskanzlei in die Luft, deren Belegschaft Sie teilweise kennen, und noch am selben Tag bekommen ausgerechnet Sie den Fall zugewiesen? Das kann doch kein Zufall sein«, entgegnete Fricke und sah sie herausfordernd an. Dabei blitzte etwas von dem jungenhaften Charme auf, den sie so an ihm mochte.

»Nein, kein Zufall«, gab Elena mit schmalen Augen zurück. »Die Lebensgefährtin von Markus rief mich gestern an, nachdem sie von dem Vorfall erfahren hatte. Es ist zwar schon zwei Jahre her, dass wir uns das letzte und bisher einzige Mal getroffen haben, aber sie konnte sich noch gut an mich erinnern. Sie hat mich um Hilfe gebeten und ich habe daraufhin sofort mit meinem Chef gesprochen, der mir seinerseits den Fall dankbar überließ – Stichwort unterbesetzt. Das ist die simple Antwort, Herr Fricke«, antwortete Elena.

»Gestatten Sie mir eine Frage, Frau Staatsanwältin: Wie kommt es, dass man Ihnen den Fall unter diesen Umständen übertragen hat? Immerhin kennen Sie einige der Opfer persönlich«, fragte Oppermann und Fricke nickte bestätigend.

»Eventuell habe ich nicht ganz so explizit darauf hingewiesen, dass eine Bekanntschaft meinerseits mit einigen der in den Fall Verwickelten besteht«, erwiderte sie verschmitzt.

»Na, super«, Fricke warf die Arme in die Luft. »Die Sache kann ja nur in die Hose gehen. Toll gemacht, Frau Staatsanwältin, Kompliment! Und damit nicht genug, ziehen Sie mich da auch noch mit rein«, eiferte er sich, trank sein Bier aus und winkte anschließend den für sie zuständigen Kellner an den Tisch, um sich ein »richtiges« Bier zu bestellen. »Da hilft nur noch Alkohol.«

Elena sah Fricke enttäuscht an. »Ich dachte eigentlich, wir wären Freunde, Sven. Sind Freunde nicht dazu da, einander zu helfen?«

Fricke war für einen Moment sprachlos. Nur einmal bisher hatte er sie in diesem Ton reden hören. Damals, als sie ihn bat, sich nicht nach Hamburg versetzen zu lassen.

Er räusperte sich verlegen. »Okay. Jetzt sind wir ja schon mal hier. Also, wie geht's weiter?« Allmählich begann sich der Sturm in ihm zu legen.

Elena nickte dankbar. »Zunächst stelle ich mal fest: Auch wenn ich es nur ungern sage, aber Dieter hatte ein Motiv. Immerhin klagte die Kanzlei von Markus gegen ihn, und das hat ihn fast seine Existenz gekostet. Außerdem hasste er Markus Lohmann.«

»Weil er Erfolg hatte?«, fragte Oppermann.

»Ja, wohl auch deshalb«, antwortete Elena leise.

»Und warum noch? Mann, komm schon. Wenn du so weitermachst, sitzen wir morgen noch hier.« Frickes Stimmung drohte erneut zu kippen.

»Weil Markus was von mir wollte damals und dabei manchmal auch aufdringlich war. Dieter, der mich ebenfalls mochte, aber viel schüchterner war, gefiel Markus'

Art überhaupt nicht. Entschieden habe ich mich dann allerdings für Sebastian Birnbaum.«

»Der Staatsanwalt, von dem du vorhin erzählt hast?«, knurrte Fricke.

Elena nickte.

»Oh, wie schön. Ich sag's ja. Muss eine tolle Wiedersehensfeier gewesen sein«, stellte er bitter fest, trank das Bier, das der Kellner ihm brachte, in einem Zug aus und bestellte gleich ein weiteres.

»Mein Lieber, auch wenn es Samstag ist, ist Alkohol im Dienst immer noch verboten«, ermahnte ihn Elena und tippte mit ihrem Fingernagel an das geleerte Glas Bier.

»Und für mich ist immer noch Wochenende«, grummelte Fricke. »Gibt es bereits eine Akte zu dem Fall?«

»Ich habe die Unterlagen oben, in meinem Zimmer. Offiziell ist Oberstaatsanwalt Abraham zuständig, ein älterer Kollege. Er taucht aber nur auf dem Papier auf. Ich kann alle Verhöre für ihn übernehmen, das ist okay. Danach übergeben wir ihm die Unterlagen und er bereitet die Anklage vor. Gegen wen auch immer. Bekommen wir das hin?«, fragte Elena und sah Fricke und Oppermann hoffnungsvoll an.

»Sie haben hier auch ein Zimmer?«, fragte Letzterer verblüfft.

Elena nickte. Sie wolle unbedingt so eng wie möglich mit dem oder den zuständigen Ermittlern zusammenarbeiten und ihre Wohnung sei für die nötigen Besprechungen nicht geeignet, begründete sie diesen Umstand. Dass es ihr vor allem darum ging, in Frickes Nähe zu sein, verschwieg sie. Ebenso, dass sie das Hotel als neutralen Ort ausgewählt hatte, weil Frickes Anwesenheit in ihrer eigenen Wohnung erwiesenermaßen verhängnisvoll gewesen wäre.

Fricke dachte einen Moment nach, nickte schließlich und sah Oppermann an. Dieser hob lachend die Arme zur Verteidigung und antwortete: »Hey, ich mach hier nur einen Schnupperkurs. Ich bin bei allem dabei, was nach Spannung klingt.«

KAPITEL 9

Samstag, Atlantic Hotel Kiel, 18 Uhr

Fricke und Oppermann saßen in Elenas Hotelzimmer auf dem Boden und besahen sich gemeinsam mit ihr die Fotos vom Tatort.

»Wenn ich es also richtig verstanden habe, ist Ihr Hauptverdächtiger jetzt dieser Dieter Munsch, ja? Weil die Kanzlei ihn die Existenz gekostet hat, richtig?«, fragte Fricke und sah sich die Fotos genauer an.

»Verdächtig nicht direkt, denn eigentlich traue ich ihm eine solche Tat nicht zu, aber er hatte ein Motiv«, antwortete Elena.

»Da haben wir es ja. Sie trauen es ihm nicht zu, weil Sie ihn kennen. Das sind persönliche Empfindungen, die Ihre Objektivität beeinflussen. Wer sagt Ihnen denn, dass er noch der gleiche harmlose Mensch ist wie früher? Immerhin wurde seine Existenz zerstört, das kann durchaus zu extremem Verhalten führen. Ich glaube, Sie sind persönlich viel zu sehr in diesen Fall verstrickt, als dass Sie bei der Lösung hilfreich sein könnten«, erwiderte Fricke.

»Gerade weil ich einige der Beteiligten kenne, bin ich für diesen Fall so hilfreich. Morgen früh bekomme ich die Videoaufnahmen der Überwachungskameras aus der Tiefgarage, vielleicht sind die aufschlussreich. Im Moment werden sie noch von der KTU ausgewertet. Ich schlage vor, Sie kommen morgen zu mir ins Gerichtsgebäude, damit wir sie uns gemeinsam nochmals ansehen können. Außerdem sollten wir einige Befragungen vornehmen.«

Fricke ahnte, was die Staatsanwältin gleich vorschlagen würde, und machte sich bereit, ihr zu widersprechen.

Er sollte recht behalten. »Am besten, ich spreche mit Dieter Munsch und Sebastian Birnbaum. Sie könnten mit Karsten Schönborn reden. Das ist einer der Partner, der sich gestern entschuldigt hatte. War angeblich krank. Dann müsste sich noch jemand mit der Frau des Seniorpartners Bartelsen unterhalten. Außerdem brauchen wir eine Analyse der Bombenspuren. Wo kam sie her? Wie wurde sie gebaut? Und von wem? Das wird gerade beim LKA untersucht«, plapperte Elena los.

Fricke schüttelte den Kopf: »Nein, Munsch und Birnbaum übernehmen ebenfalls wir. Sie kümmern sich um die Bartelsen und tragen die Informationen der Analysen zusammen. Wir treffen uns dann morgen Nachmittag mit unserem Material in Ihrem Büro«, entschied er.

Elena überlegte kurz, ob sie protestieren und das Dienstverhältnis zwischen ihnen mal wieder klarstellen sollte. Aber es war sicher besser, nicht gleich am ersten Tag schon wieder damit zu argumentieren. Was das anging, reagierte Sven bisweilen sehr empfindlich. Und heute schien ihm ohnehin eine Riesenlaus über die Leber gelaufen zu sein. Jedenfalls war überdeutlich, dass seine Freude, sie wiederzusehen, sich in engen Grenzen hielt. Sollte er ihr gegenüber morgen allerdings immer noch keinen angemesseneren Ton draufhaben, würde sie ein ernstes Wort mit ihm sprechen, so viel stand fest.

Kommentarlos schrieb sie die Adressen von Schönborn, Munsch und Birnbaum sowie eine weitere auf ein Blatt Papier und übergab es Fricke. Sie verschwieg ihm wohlweislich, dass sie bereits mit Birnbaum gesprochen hatte. Es war ja eigentlich auch nur ein Wiedersehenskaffee gewesen.

»Mit der Kripo ist auch alles geklärt. Ihnen steht ab Montag ein Büro zur Verfügung.«

»Ja, das wird auch großartig werden. Meine alten Kieler Kollegen werden uns lieben«, bemerkte Fricke zynisch. »Da kommen zwei Beamte von außerhalb, um einen Mehrfachmord aufzuklären. Sieht ja so rein gar nicht danach aus, als hätte die Staatsanwaltschaft kein Vertrauen in die eigenen Leute. Ganz toll. Bei denen haben wir jetzt schon die Arschkarte gezogen. Die haben durchaus eigene fähige Leute, da bedarf es keiner Aushilfskraft aus Eckernförde«, schimpfte Fricke.

Oppermann gab seinem Partner insgeheim recht. Man würde wohl ein Auge auf sie haben und nur darauf warten, dass sie etwas falsch machten, um sie dann vorzuführen. Er hoffte, dass sich der Fall recht bald aufklären würde und sie zurück nach Eckernförde konnten. Er war froh, zum Jahresende ins BKA zu wechseln; dort würde man ihn nach dem Auftritt hier nicht kennen. Andererseits hatte der Fall Publicity. Das könnte ihm, noch bevor er überhaupt das Ortsschild in Wiesbaden erreicht hatte, einen gewissen Ruf einbringen. Er hoffte nur, dass dies ein guter Ruf sein würde.

»Wie viele sind bei dem Anschlag genau ums Leben gekommen«, fragte Fricke nun, »und sind die Angehörigen bereits benachrichtigt?«

»Zwölf Personen und ja«, antwortete Elena. Dann sah sie Fricke an. »Ich fahre später noch zur Lebensgefährtin von Markus und rede mit ihr. Zumindest hoffe ich, dass ich mit ihr reden kann. Ich möchte gerne, dass Sie dabei sind, damit hier nicht der Eindruck entsteht, dass das einen eher persönlichen Charakter hat.«

Er nickte missmutig.

»20 Uhr, die Adresse steht da«, Elena tippte noch mal auf den Zettel.

KAPITEL 10

Samstag, Düsternbrook, 20 Uhr

Elena stand an ihren Volvo gelehnt und wartete bereits zehn Minuten, wie sie mit einem verärgerten Blick auf ihr Handy feststellte. Wo blieb Fricke nur? Das fing ja gut an. Monsieur ließ sie warten, gleich beim ersten gemeinsamen Termin. Wenn sie Zigaretten dabeigehabt hätte, hätte sie jetzt eine davon geraucht.

Schickes Villenviertel hier, stellte sie wieder fest, als sie sich umsah. Hier strotzte jedes Haus nur so vor Wohlstand. Vorgärten, hohe Zäune, ab und an konnte man einen Blick auf einen Pool werfen. Wer hier wohnte, hatte Geld.

Dann hörte sie zuerst ein lautes Motorengeräusch und anschließend brauste mit deutlich überhöhter Geschwindigkeit Frickes BMW um die Ecke. Die Tür ging auf und er kam mit erhobenen Händen heraus: »Nicht schießen, Frau Staatsanwältin, nicht schießen! Ich weiß, ich bin zu spät, ganze zwölf Minuten, unverzeihlich. Aber ich wurde aufgehalten – und ich habe etwas herausgefunden, das Ihnen gefallen wird.«

Warum nur konnte sie sich einfach ein Lächeln nicht verkneifen, wenn sie ihn sah? Sie war doch eben noch stinksauer auf ihn gewesen. Aber dann kam er daher mit seinem Kleinjungencharme, und schon verlor sie ihre innere Haltung. Sie biss sich auf die Lippe, um das Lächeln zu unterdrücken. Gab es irgendeine Erklärung dafür, dass er nun plötzlich so freundlich war? Er war wie ausgewechselt. Vielleicht, weil sie jetzt alleine waren? Hatte er vor Oppermann den Macker raushängen lassen wollen? Nein, sie würde nicht fragen, keine spitze Bemerkung machen. Froh sein über die Minuten, in denen er gut gelaunt war.

»Na, da bin ich aber gespannt!«

»Ich habe durch eingehende Recherche ermittelt, dass es gut ist, wenn wir gemeinsam an dem Fall arbeiten«, antwortete er und lächelte schief.

Elena lachte laut auf, schüttelte den Kopf und zeigte auf die Uhr: »Heben Sie sich das für später auf, jetzt sind wir schon 20 Minuten über dem verabredeten Termin und wir sollten Frau Winter nicht länger warten lassen.«

»Nach Ihnen«, stimmte Fricke zu und folgte Elena zur Haustür. Dabei widerstand er dem Impuls, ihr auf den Po zu klapsen, der sich in dem engen schwarzen Rock bei jedem ihrer Schritte ziemlich verführerisch vor ihm hin und her bewegte. Er zwang sich, den Blick abzuwenden und sich innerlich auf das bevorstehende Gespräch vorzubereiten.

Eine auffallend gut aussehende Blondine öffnete ihnen die Tür.

»Guten Abend, Frau Winter«, begrüßte Elena die Frau und machte damit auch gleich klar, dass sie sich siezen würden. »Das ist Hauptkommissar Fricke.«

»Susanne Winter«, sagte die Blondine und schüttelte beiden nacheinander die Hand. »Danke, dass Sie gekommen sind. Markus hätte das so gewollt! Es bedeutet mir wirklich viel, dass Sie sich der Sache annehmen. Bitte kommen Sie herein. Darf ich Ihnen etwas zu trinken anbieten?«

»Einen Kaffee gerne. Aber nur, wenn es keine Umstände macht«, brummelte Fricke, der wohl immer noch müde war.

Elena quittierte die Kaffeebestellung um 20 Uhr mit einem Schulterzucken.

Susanne Winter führte sie ins Wohnzimmer und entschuldigte sich dann kurz. Elena sah ihr nach, als sie den Raum verließ. Die blonden Haare waren mit einem Samtband zu einem ordentlichen Zopf gebunden. Die blaue Bundfaltenhose und die weiße Bluse wirkten sehr adrett. Susanne war sogar leicht geschminkt, wie Elena bei der Begrüßung sofort festgestellt hatte. Seltsam, diese Sorgfalt, wo sie doch eigentlich ganz andere Sorgen hatte, schließlich rang ihr Lebensgefährte gerade mit dem Tod. Elenas Gedanken gingen auf Wanderschaft: Wenn sie an Susanne Winters Stelle wäre, wenn ihrem Freund etwas passiert wäre, würde sie dann einen Gedanken an Make-up verschwenden? Mit Sicherheit nicht.

»Elena!«

Sie schrak aus ihren Überlegungen auf. Fricke hatte sie wohl schon mehrfach angesprochen.

»Ja?«

»Elena, ich habe diese neuen Aufnahmedinger bekommen. Aber ich komme damit nicht zurecht. Wo geht das Teil an? Und wann sehe ich, ob das wirklich läuft?«

Elena lächelte nachsichtig. Manchmal war er einfach noch old-fashioned. Seit Neuestem gab es die Dienstanweisung, die alten Aufnahmegeräte durch digitale zu ersetzen, und sie konnte sich sehr gut vorstellen, dass Fricke keine Minute darauf verwendet hatte, die Bedienungsanleitung zu lesen. Außerdem hatte er sie gerade beim Vornamen genannt, und sie musste sich eingestehen, dass ihr das gefiel. Sie würde sich eine Zurechtweisung zugunsten der guten Stimmung zwischen ihnen also verkneifen.

»Hier, mein Lieber, ist der Aufnahmeknopf. Wenn das rote Licht leuchtet, nimmt das Gerät auf. Und wenn Sie dort drücken, wird die Aufnahme beendet«, wechselte sie selbst zwischen den Anredeformen hin und her.

Fricke betätigte den Aufnahmeknopf und diktierte: »Danke, Elena, dafür könnte ich dich knutschen!« Mit einem weiteren Knopfdruck beendete er die Aufnahme gemäß ihren Anweisungen. »Wie kann ich mir das jetzt anhören?«, fragte er und drehte das Gerät ratlos hin und her.

Elena nahm es ihm mit einem tadelnden Blick aus der Hand und warf einen prüfenden Blick hinter sich, ob Susanne Winter in Hörweite war. »Anhören ist in diesem Fall völlig überflüssig. Ich zeige Ihnen allerdings gerne, wie man alles löscht, falls man sich mal verquatscht hat, Sie Esel!«

In diesem Moment kam Susanne Winter herein. Sie trug ein Tablett, auf dem drei Tassen Kaffee sowie ein Kännchen Milch und eine Dose Zucker standen. Wieder wunderte sich Elena, wie sie angesichts der Situation dermaßen gefasst die perfekte Gastgeberin spielen konnte. Aber sie war froh um den Kaffee, denn auch sie war müde.

»Frau Winter, ich werde unser Gespräch aufnehmen«, erklärte Fricke und zwinkerte Elena kurz zu, bevor er auf den Knopf drückte, der zum Beenden der Aufnahme gedacht war.

So leicht kommst du mir nicht davon, dachte Elena bei sich, nahm ihm aber wortlos das Aufnahmegerät aus der Hand, schüttelte mitleidig den Kopf und drückte die richtige Taste, bevor sie ihm mit einem Fingerzeig auf das rote Lämpchen deutlich machte, dass die Aufnahme jetzt lief.

Fricke zuckte nur gleichgültig mit den Schultern.

»Frau Winter. Sie sind die Lebensgefährtin von Markus Lohmann?«, fragte er dann an die Hausherrin gewandt.

»Ja. Nächste Woche wollten wir auf einer Party unsere bevorstehende Hochzeit bekannt geben.«

Elena hatte den Eindruck, als ob ein prüfender Blick sie streifte.

»Wie geht es Ihrem, hm, Verlobten?«

»Ich war bis vor wenigen Stunden bei ihm im Krankenhaus. Er liegt im Koma. Im Moment wagt kein Arzt, mir eine sichere Prognose zu geben.«

Elena beobachtete die Frau genau. Sie war unglaublich beherrscht. Fast hatte Elena den Eindruck, als ob die Spur eines Lächelns um ihre Mundwinkel lag, wenn sie Fricke ihre Antworten gab. Entweder war sie per se eine sehr kühle Person oder der Unfall ihres Verlobten stimmte sie nicht gerade traurig. Sehr seltsam. Manchmal allerdings, das hatte Elena schon einige Male beobachtet, erstarrten Menschen in Extremsituationen auch regelrecht, agierten beinahe wie Marionetten. Oft konnten sie sich ein paar Tage später kaum noch daran erinnern, wie sie die Zeit unmittelbar nach dem schlimmen Ereignis verbracht hatten.

»Haben Sie Vermutungen, welche Gründe es für den Anschlag geben könnte?«

»Keine Ahnung. Markus erzählt nicht mehr viel von seiner Arbeit. Ich selbst bin keine Anwältin, sondern Betriebswirtin, und mich langweilen juristische Details. Deshalb hat er es irgendwann aufgegeben, mich an seinem Arbeitsalltag teilhaben zu lassen. Er schien aber sehr zufrieden. Immerhin ist er gerade zum Partner befördert worden.«

»Hatte Ihr Mann Feinde?«

»Ja, den Nachbarn, der unsere Hecke immer zu hoch findet«, antwortete sie spöttisch. »Nein«, wurde sie dann wieder ernst, »niemanden, von dem ich mir vorstellen kann, dass er ihn ermorden will.«

Susanne Winter nahm einen Schluck von ihrem Kaffee, nachdem sie Zucker und Milch untergerührt hatte. »Haben Sie bereits irgendwelche Ansätze für Ihre Ermittlungen?«, fragte sie dann.

Fricke machte eine Handbewegung zu Elena hin, die das mit zusammengekniffenen Augen registrierte. Ach, da schiebt er mir jetzt den schwarzen Peter zu, typisch!

»Wir stehen erst ganz am Beginn der Ermittlungen«, erwiderte sie schließlich.

Frau Winter lehnte sich in ihrem Sessel zurück und schlug die mageren Beine übereinander. Elena fand das kokett.

»Ich setze auf Sie«, Susanne Winter sah Elena eindringlich an, »Markus hat gesagt, Sie sind die beste Juristin, die er je kennengelernt hat. Er würde unbedingt wollen, dass herauskommt, wer ihm das angetan hat, und so, wie ich das sehe, sind Sie die Einzige, der er das zutrauen würde.«

Elena nickte. »Ich verspreche Ihnen, dass ich mein Bestes tue. Auch ich will wissen, wer Markus das angetan hat.«

»Das genügt uns fürs Erste«, leitete Fricke auf den Abschluss des Gespräches hin. »Wenn Ihnen noch etwas einfällt, lassen Sie es uns bitte wissen. Ebenso, wenn Veränderungen im Gesundheitszustand Ihres Verlobten eintreten. Informieren Sie uns bitte umgehend, wenn er ansprechbar sein sollte.«

Susanne Winter nickte stumm und erhob sich dann, um ihre Gäste nach draußen zu begleiten.

Nachdem sie sich an der Tür knapp verabschiedet hatten, lehnte Fricke sich draußen seufzend gegen seinen Wagen und warf theatralisch die Arme in die Luft: »Frauen!«, stieß er aus und schüttelte den Kopf. »Ich werde sie nie durchschauen. Stand die jetzt unter Schock – oder ist sie ganz froh, dass aus der Hochzeit unter Umständen gar nichts wird? Trauer sieht für mich jedenfalls anders aus.«

»Ich weiß es auch nicht. Sie sind doch sonst so firm in der Deutung von Körpersprache – Vernehmungen nur ohne Tisch als Sichtblockade und so weiter. Und, was haben Sie heute gesehen?«

»Eine Frau.«

»Was bitte soll das denn heißen?«

»Männer kann man leicht durchschauen. Frauen nicht.«

»Stimmt, Männer sind leicht zu durchschauen. Kurzer Rock verursacht Sabbern. Klares Reiz-Reaktions-Schema. Frauen ticken da ein bisschen komplizierter.« Mit einem vorwurfsvollen Blick drehte sich Elena um und ging zu ihrem Auto.

Fricke sah ihr verwundert hinterher. Was war das denn jetzt für eine Bemerkung gewesen? Sie konnte doch unmöglich bemerkt haben, dass er ihr vorhin auf den Po gestarrt hatte? Und selbst wenn. Er schüttelte den Kopf. Er hatte keine Lust, sich darüber Gedanken zu machen. Mit einem weiteren Seufzer stieg er in sein Auto und brauste davon.

Elena wollte sich ebenfalls gerade in ihren Wagen setzen, als eine Hand sie an der Schulter zurückhielt. Als sie sich umwandte, blickte sie in Susanne Winters Gesicht.

»Frau Karinoglous. Ich verstehe natürlich, dass Sie das gerade offiziell machen wollten, mit dem Kollegen. Aber ich habe Sie gebeten zu kommen, weil ich Ihnen noch etwas Wichtiges sagen will. Außerdem kommen in fünf Minuten Karin Munsch und Birgit Schönborn zu mir, die Frauen zweier anderer Partner aus der Kanzlei. Ich möchte, dass Sie sie kennenlernen. Alleine, nur unter Frauen sozusagen.«

Das war genau das, was Elena eigentlich nicht gewollt hatte. Aber bitte. Sie nickte ergeben und folgte Susanne Winter zurück ins Haus. Fricke hatte seinen wohlverdienten Feierabend. Den konnte er ja schön mit seinem neuen Partner verbringen.

Wieder betraten sie das Wohnzimmer und setzten sich.

»Ich will das nicht offiziell zu Protokoll geben. Aber ich muss es trotzdem loswerden.«

Elena lächelte ihr aufmunternd zu, obwohl sie ein unangenehmes Gefühl bei der Sache hatte.

»Wenn Sie mich ganz privat fragen, dann gibt es da schon einen, den ich verdächtige«, fuhr Susanne Winter fort.

»Ja?« Elena konnte sich nur mit Mühe beherrschen. Wollte Frau Winter es bewusst spannend machen oder warum zögerte sie das Ganze so lange hinaus?

»Es ist mir etwas unangenehm, denn ich weiß, Sie kennen ihn auch. Es handelt sich um Sebastian Birnbaum.«

Elena schluckte. Darum ging es also. Susanne Winter musste ganz genau wissen, dass sie mal mit ihm liiert gewesen war. Markus hatte ihr bestimmt davon erzählt, schon alleine um sich »reinzuwaschen«, nachdem Elena bei ihm gewesen war und damit ihren Unmut geweckt hatte.

»Und warum verdächtigen Sie ihn?« Elena versuchte, ihre Stimme sachlich und emotionslos klingen zu lassen.

»Sebastian hasst Markus, seit jeher. Markus war immer schon der bessere Jurist als er, und Sebastian wollte auch wie er in die Kanzlei. Da verdient man doch viel mehr als in der Staatsanwaltschaft. Aber er ist nicht reingekommen. Sebastian war klar, dass Markus sich nicht genug für ihn eingesetzt hat. Markus war halt einfach fachlich nicht überzeugt von ihm. Danach herrschte eisige Funkstille zwischen den beiden.«

Elena musste diese Informationen erst verarbeiten. So hatte Sebastian das ihr gegenüber vorhin nicht dargestellt. Warum aber erzählte Susanne Winter ihr das? Musste sie nicht davon ausgehen, dass sie sich viel eher auf Sebastians Seite schlagen würde als auf ihre? Oder spekulierte sie darauf, dass Elena sich im Streit von ihm getrennt hatte und nun bereit wäre, mit einer solchen Information gegen Sebastian vorzugehen?

Sie war froh, als es klingelte und Susanne Winter aus dem Zimmer eilte. Irgendetwas stimmte hier ganz und gar nicht. Frau Winter bat ausgerechnet Elena, den Fall zu übernehmen, präsentierte ihr auch prompt den Verdächtigen – und das war dann zufälligerweise noch ihr Ex. Elena verschränkte die Arme. Spielte Markus' Verlobte Spielchen mit ihr?

In dem Moment kehrte Frau Winter mit zwei weiteren Frauen an ihrer Seite ins Wohnzimmer zurück. »Das ist Karin Munsch. Die Frau von Dieter«, stellte sie jene zu ihrer Rechten vor.

Elena musterte sie interessiert. Eine sportliche Brünette. Spielte bestimmt regelmäßig Tennis oder was man in diesen Kreisen sonst so machte, um sich fit zu halten. Ja, die passte zu Dieter. In ihrer Erscheinung spiegelte sich etwas Bodenständiges, Durchsetzungsfähiges.

»Und das ist Birgit Schönborn«, fuhr die Hausherrin mit einer Geste in Richtung der anderen Frau fort. »Die Ehefrau von Karsten, einem weiteren Partner, der das Glück im Unglück hatte, beim Ausflug krank zu sein.«

Die zierliche, blasse Rothaarige nickte Elena lächelnd zu.

Die pfiff in Gedanken durch die Zähne. Diese drei Grazien würden glatt als Neubesetzung für »Desperate Housewives« durchgehen – reich, attraktiv und bestimmt, wenn auch nicht gerade in der aktuellen Situation, lebenslustig. Was für ein glamouröses Trio! Frauen dieses Schlags fand Elena befremdlich. Sie war sich ziemlich sicher, dass keine von ihnen für ihren Wohlstand selbst arbeitete.

Höflich stand sie auf, gab beiden Neuankömmlingen zur Begrüßung die Hand und stellte sich lediglich mit ihrem Namen vor. Ihre Funktion als Staatsanwältin ließ sie außen vor. Spielte die in diesem Moment überhaupt eine Rolle? Oder war sie hier nur als Privatperson gefragt, die mit diesen ihr fremden Frauen um den gemeinsamen Bekannten Markus bangte. Plötzlich hatte sie das Gefühl, im völlig falschen Film zu sein.

»Die Sache kann ja nur in die Hose gehen«, hatte Fricke ihre persönlichen Verstrickungen in den Fall vorhin noch kommentiert. In Gedanken gab sie ihm jetzt recht.

Die Situation war mehr als skurril, und Elena fühlte sich zunehmend unwohl. Die drei Damen lagen sich in den kommenden Minuten nämlich heulend in den Armen, und Karin Munsch wischte Susanne Winter gerade zärtlich mit einem Papiertaschentuch die Tränen aus dem Gesicht.

Nein, so nicht, entschied Elena. Ab jetzt wird nach meinen Regeln gespielt, und die lauten: alle Damen vorladen und einzeln vernehmen.

Vorsichtig trat sie an das Frauengrüppchen heran und fasste Susanne Winter am Arm. »Ich glaube, ich werde hier im Moment nicht gebraucht«, flüsterte sie ihr zu. »Ich werde mich jetzt besser verabschieden. Lassen Sie uns morgen miteinander telefonieren.«

Nachdem sie sich auch von den übrigen Frauen knapp verabschiedet hatte, verließ sie nachdenklich die Villa. Was hatte sie sich mit diesem Fall nur eingebrockt?

KAPITEL 11

Sonntag, Atlantic Hotel Kiel, 8 Uhr

Fricke wurde wach, weil es an der Tür klopfte. Schon wieder.

»Und täglich grüßt das Murmeltier. Geht das jetzt jeden Morgen so weiter?«, schimpfte er, noch bevor er überhaupt die Augen geöffnet hatte. Buddha schien sich noch im Tiefschlaf zu befinden.

»Guten Morgen, Herr Fricke, ich habe mir erlaubt, Kaffee aufs Zimmer zu bestellen«, flötete da die Stimme von Lars Oppermann zu ihm herüber.

Na bravo, sein neuer Partner war ein Morgenmensch. Fricke stöhnte innerlich auf. Womit hatte er das nur verdient!

Eigentlich war er fest entschlossen, weiter zornig zu sein, aber der Duft von frischem Kaffee, der ihm augenblicklich in die Nase stieg, hatte die Wirkung, die er sich eigentlich von Buddha erhofft hatte. Er richtete sich auf, fuhr sich mit einer Hand durchs Haar und nahm das kleine Edelstahltablett, auf dem sich eine Tasse, ein Kaffee- und ein kleines Milchkännchen befanden, dankend von seinem Kollegen entgegen.

»Sie schnarchen übrigens, Herr Fricke, und das nicht zu knapp. Nur mal so zur Info«, bemerkte Oppermann, der bereits fertig angekleidet und mit perfekt liegender

Frisur – anscheinend hatte er schon geduscht – auf einem der beiden Cocktailsessel saß.

Fricke ging auf seine Bemerkung nicht ein, sondern starrte nur auf Oppermanns weißes Hemd. »Bügelservice?«

Oppermann blickte an sich herunter, lachte und winkte ab: »Ja, aber nicht hier im Hotel. Meine Freundin bügelt meine Hemden für mich.«

Aha, so war das also. Das würde Fricke sich merken. Als Elena das letzte Mal sein verknittertes Hemd bemängelte, hatte er gekontert, dass ihm zum Bügeln eben die passende Frau fehle. Die Staatsanwältin war empört über sein Rollenverständnis gewesen. Oppermann war der lebende Beweis dafür, dass Frauen ihren Männern sehr wohl die Hemden bügelten. Zumindest manche. Eine Elena Karinoglous tat das jedoch mit Sicherheit nicht. Eindeutig ein Minuspunkt für sie!

»Wo fahren wir heute zuerst hin? Zu diesem Schönborn, zu dem Ex-Mitbewohner der Staatsanwältin oder ins LKA?«, fragte Oppermann.

Fricke hatte bereits eine Antwort, wollte Oppermann jedoch den Vortritt lassen, um zu sehen, ob er ähnlich dachte. Und das tat er. Selbstbewusst verkündete er, dass es wohl ratsamer sei, zuerst ins LKA zu fahren, um eventuelle Informationen dann bei Schönborn aufs Tapet zu bringen. Fricke war positiv überrascht. Mit diesem Mann konnte er arbeiten.

»Sehr gut. Ich gehe duschen und dann fahren wir. Ihr Handy hat doch eine Kamera, oder?«, fragte er, stellte das Tablet auf den Nachtschrank, stand auf und verschwand im Bad, ohne auf Oppermanns Antwort zu warten.

Nach etwa zehn Minuten kam er geduscht, aber unrasiert aus dem Bad zurück, zog eine saubere schwarze Jeans über und ein vom Hotelservice gebügeltes hellgelbes Hemd.

»Machen Sie mal ein Foto von mir, bitte. Achten Sie darauf, dass mein Hemd gut zu sehen ist«, forderte er seinen verdutzten Kollegen auf.

Oppermann sah ihn zunächst fragend an, tat dann aber kommentarlos, worum Fricke ihn gebeten hatte.

Der warf einen prüfenden Blick auf das Bild und zeigte sich zufrieden mit dem Ergebnis. Er holte sein eigenes Handy vom Nachtschrank, tippte auf »Kontakte«, scrollte, bis die Handynummer der Staatsanwältin erschien, und diktierte Oppermann die Nummer.

»Schicken Sie das Bild mal an diesen Kontakt. Fragen Sie nicht. Machen Sie es einfach«, sagte er knapp, setzte sich auf das Bett und zog sich seine Schuhe an. Oppermann zuckte nur kurz mit den Schultern und erfüllte Fricke auch diesen Wunsch.

Noch bevor die beiden das Hotelzimmer verließen, klingelte Oppermanns Handy. Er meldete sich, sagte einmal »Ja«, einmal »Nein« und wieder »Ja«. Und nach längerem Zuhören wieder »Ja«. Dann verabschiedete er sich und steckte sein Handy zurück in die Hemdtasche.

»Ich nehme an, das war die Staatsanwältin?«, erkundigte sich Fricke, der nun mit Oppermann auf dem Weg in den Frühstücksraum war.

»Ja. Sie wollte wissen, ob Sie mich um das Foto gebeten haben, dann, ob Sie mich dazu gezwungen haben, und zuletzt sagte sie, ich würde wohl einen guten Einfluss auf Sie ausüben, weil Sie es eigentlich nicht so mit gebügelten Hemden hätten. Und schließlich bat Sie mich, auch noch Einfluss auf Ihren Geschmack zu nehmen, denn wenn Sie als Biene Maja ermittelten, sei das doch ein wenig lächerlich. Sie ist übrigens schon im Gericht«, antwortete Oppermann und konnte sich ein Grinsen nicht verkneifen.

»Oppermann, ich sag's Ihnen. Sie werden selbst dahinterkommen in den nächsten Tagen, dennoch will ich nicht versäumen, Sie vorgewarnt zu haben: Die Frau ist eine Zicke erster Güte. Zwar eine heiße, aber eine Zicke«, bemerkte Fricke und sah auf seine Armbanduhr. Es war kurz vor neun.

Oppermann grinste weiter vor sich hin und enthielt sich jeglichen Kommentars.

Während sie ausgiebig frühstückten, unterhielten sie sich ein wenig über ihr jeweiliges Privatleben. Nachdem Oppermann von seiner Freundin erzählt hatte und was sie alles nach Feierabend zusammen unternahmen, fragte er Fricke vorsichtig nach seinem Verhältnis zur Staatsanwältin. Er hatte wohl bemerkt, dass da irgendwie mehr war als nur eine berufliche Verbindung.

Fricke kaute nachdenklich auf seinem Brötchen. Was sollte er darauf antworten? Er entschied sich für die vage Aussage, das Ganze sei kompliziert zu erklären, und fand, dass es sein Verhältnis zu ihr ziemlich gut auf den Punkt brachte. Es war kompliziert.

Gegen halb elf trafen Fricke und Oppermann im Gebäude des Landeskriminalamtes ein.

»Ganz schön groß hier«, bemerkte Oppermann, nachdem er durch die breite Eingangstür gegangen war, an der er sich zuvor hatte ausweisen müssen. »Okay, wohin?«

Fricke nickte und forderte Oppermann auf, ihm zu folgen. Sie fuhren in die zweite Etage, liefen einen langen Flur mit unzähligen Büros entlang, bis sie schließlich vor einer Tür stehen blieben. Fricke klopfte an, trat unaufgefordert ein und begrüßte die beiden Beamten, die hinter ihren Schreibtischen saßen.

»Jungs, das ist mein Kollege Lars Oppermann aus dem Präsidium Eckernförde«, stellte er seinen Begleiter vor und sah Oppermann an.

Der lächelte und raunte Fricke zu: »Ich weiß Ihren Vornamen gar nicht.«

»Sven, aber Fricke ist schon okay«, antwortete er und nickte den beiden LKA-Beamten zu.

»Wir bearbeiten den Fall von Freitagfrüh. Der Kleinbus, der in die Luft geflogen ist. Man sagte uns, ihr hättet den Bus und die Bombe untersucht. Was habt ihr für uns?«, fragte er, setzte sich auf einen der vier Stühle vor den beiden Schreibtischen und zog einen weiteren Stuhl für Oppermann heran, der sich neben ihn setzte.

»Das ist die falsche Frage«, lächelte der Ältere der beiden.

»Wie lautet denn die richtige?«, wollte Fricke wissen.

»Was *hattet* ihr.«

»Was soll das heißen?«, fragte er verwirrt.

»Ganz einfach. Vor etwa einer Stunde kamen hier Beamte vom BKA rein und nahmen die Akte mit, in der sich die Ergebnisse der Bombenanalyse befanden«, antwortete der Beamte.

»Einfach so, ohne viel zu erklären«, fügte sein Kollege hinzu. »Sie hatten ein richterliches Schreiben dabei, quittierten uns den Erhalt und gingen wieder.«

»BKA? Was wollen die damit? Das war doch kein Terroranschlag, oder? Warum sind die an dem Fall interessiert?«, fragte Fricke und sah abwechselnd von einem Beamten zum anderen.

»Das weiß ich nicht. Aber ich weiß, was in der Akte stand«, erklärte der Ältere.

»Spuck's aus, Heinz«, gab Fricke zurück.

»Es war ein sogenannter IC-Sprengsatz«, begann er zu erklären.

»IC wie Intercity?«, fragte Oppermann verständnislos.

»Ein IC ist ein elektronisches Bauteil«, erklärte Fricke seinem Partner. »Darin befindet sich eine integrierte Schaltung.« Er sah den älteren Beamten auffordernd an, er solle bitte weitererzählen.

»Es gab zwei kleine Behälter mit verschiedenen Flüssigkeiten. Der erste Kontakt war mit einer Miniwaage verbunden. Sobald der Bus ein bestimmtes Gewicht erreicht hatte, löste der Kontakt das Ventil des ersten Tanks.«

»Also wollte man sichergehen, dass auch tatsächlich genügend Menschen im Bus sind«, murmelte Fricke.

»Genau. Der zweite Kontakt war mit der Tür verbunden und löste aus, sobald sie geschlossen wurde. Kombiniert mit der Waage ganz schön clever.«

»Hätte der erste Kontakt nicht ausgelöst, weil keine Leute im Bus waren, hätte man die Tür so oft öffnen und schließen können, wie man wollte, es wäre nichts passiert. Kontakt zwei brauchte also das Auslösen des ersten Kontaktes«, erklärte Fricke Oppermann, der seine Stirn abermals gerunzelt hatte und offenbar nicht ganz folgen konnte.

»Dann, mit dem Auslösen des zweiten Kontaktes, öffnete sich das Ventil des zweiten Behälters und die Flüssigkeiten vermischten sich.«

Oppermann schien endlich ein Licht aufzugehen: »Und gezündet wurde die Bombe schließlich mit dem Starten des Motors.«

»So ist es«, bestätigte der LKA-Beamte.

»Aber wer macht solche Bomben? In meinen drei Monaten hier habe ich von einem solchen Bausatz noch nie gehört«, fragte Fricke.

»Diese Sprengsätze bedürfen einer bestimmten Ausbildung. Die Bomben werden so angelegt, dass sie nur unter gewissen Bedingungen hochgehen und man selbst nicht in der Nähe sein muss, um die Bedingungen zu prüfen«, erklärte nun der jüngere LKA-Beamte.

»Okay, aber wo erhält man so eine Ausbildung?«, hakte Fricke nach. »Bei der Bundeswehr?«

»Fast, Sven«, nickte der junge Beamte. »Bei der Fremdenlegion!«

Für einen Moment herrschte Schweigen. Fricke überlegte, ob er jemals etwas mit der Fremdenlegion zu tun gehabt hatte, konnte sich aber an keinen Fall erinnern. »Okay, das ist doch schon mal was. Was ist mit den Überwachungskameras aus der Tiefgarage?«, wollte er wissen.

Der ältere Beamte zuckte mit der Schulter: »Keine Ahnung, Sven. Die CDs mit dem Film haben die Jungs vom BKA mitgenommen und ich habe zuvor nicht reingesehen. Aber warum fragt ihr nicht beim BKA nach, oder wenn die sich querstellen, fahrt doch selbst in das Bürogebäude der Kanzlei und sprecht dort mit den Security-Leuten. Die müssen die Filme ja noch auf ihrem Rechner haben.«

»Gute Idee. Sonst habt ihr nichts?«, fragte Fricke und stand bereits auf.

»Nein. Hier sind die beiden Namen der BKA-Leute, wenn ihr sie braucht. Viel Erfolg!«

Wenig später saß Fricke neben Oppermann in seinem Dienst-BMW. Er fuhr nicht sofort los, sondern versuchte stillschweigend die Informationen der letzten 24 Stunden zu verarbeiten. Elena, Wohngemeinschaft, Neid, Hass, Bombe, Tote, LKA und BKA.

»Also, wenn tatsächlich Munsch unser Verdächtiger Nummer eins ist, frage ich mich, was er mit der Fremdenlegion zu tun hat und warum sich das BKA da einmischt«, grummelte er schließlich.

»Und ich frage mich: Wenn es kein Racheakt war – wer profitiert nun davon, wenn die Partner alle tot sind?«, überlegte Oppermann und sah Fricke an.

»Nicht alle sind tot. Einer hat sich krankgemeldet und einer liegt im Koma. Ich kann mir kaum vorstellen, dass die Kanzlei nicht in irgendeiner Form weitergeführt wird. Schönborn wird als Partner das Recht haben, die Erben, wenn es denn welche gibt, auszuzahlen und die gesamte Kanzlei zu übernehmen. Aber vielleicht ist ja auch vertraglich festgehalten, dass die Anteile eines Partners im Todesfall automatisch an die verbliebenen Partner übergehen. In diesem Fall wären Schönborn und Lohmann die Nutznießer. Wobei nicht klar ist, ob Lohmann jemals aus dem Koma erwachen wird. Aber ich denke, dazu wird uns die Staatsanwältin noch etwas sagen.«

»Ich habe Hunger«, stellte Oppermann fest.

»Currywurst, Pommes?«, lächelte Fricke.

»Nur Pommes oder vielleicht eine Pizza. Wenn ich nicht weiß, wo das Fleisch herkommt, esse ich es nicht.«

»Wie Sie meinen. Von mir aus auch Pizza. Also ab zum Italiener und dann zu Karsten Schönborn. Seine Adresse können Sie schon mal ins Navi eingeben.« Fricke startete den Motor.

KAPITEL 12

Sonntag, Landgericht Kiel, 12 Uhr

Elena saß bereits zehn Minuten vor dem Telefon. Quatsch, sie würde sich doch nicht von Fricke vorschreiben lassen, mit wem sie redete. Erst recht nicht, wenn es um ihre Freunde ging. Entschlossen wählte sie Dieters Nummer.

»Munsch.«

»Hallo, Dieter. Hier ist Elena.«

»Oh, Elena! Karin hat mir gestern Abend schon erzählt, dass du da bist. Sie hat dich wohl bei Susanne getroffen. Du hast die Ermittlungen übernommen?«

»Ja.«

Einen Moment schwiegen beide. Musste man sich in so einem Fall gegenseitig Beileid aussprechen? Munsch hatte viele ehemalige Kollegen verloren, aber Elena war nicht gut in Trauerbekundungen.

»Ich würde gerne mit dir sprechen.«

»Bei mir zu Hause?«

»Nein. Es wäre mir lieber, wenn du in die Staatsanwaltschaft kämst. In mein Büro. Zimmer 2.04. Ich denke, das wäre die bessere Atmosphäre.«

»Wie du willst. Ich kann in 20 Minuten da sein.«

»Danke, Dieter.«

Wie so oft in den letzten zwei Tagen schweiften Elenas Gedanken in die Vergangenheit ab. Nie hätte sie damals geglaubt, dass irgendeiner aus ihrer harmonischen WG dem anderen etwas nicht gönnen oder neidisch auf dessen Erfolg werden könnte. Wie sehr Geld, Ruhm und Macht die Menschen doch verändern konnten.

Als Dieter eine knappe halbe Stunde später das Büro betrat, stand Elena auf. Während sie sich herzlich umarmten, konnte sie an seinen verquollenen Augen sehen, dass er viel geweint hatte. Sie setzte sich mit ihm an den kleinen Besuchertisch.

»Entschuldige, es ist Sonntag, und ich kann dir hier nichts anbieten. Ich habe weder Kaffee noch Wasser.«

»Kein Problem. Wieso hast du den Fall übernommen?«, fragte Dieter und sah Elena direkt in die Augen. Unwillkürlich kamen bei beiden die Erinnerungen an die alten Zeiten wieder hoch.

»Weil man mir den Fall übertragen hat. So einfach ist das.« Sie zögerte. »Und weil Susanne Winter mich darum gebeten hat.«

Dieter sah verwundert auf: »Susanne Winter? Die – so Gott will – zukünftige Frau von Markus? Ich wusste gar nicht, dass ihr euch kennt.«

Dieters Verwunderung schien echt zu sein. Zumindest nahm Elena ihm seinen erstaunten Gesichtsausdruck ab.

»Wir haben uns nur einmal gesehen. Aber sie scheint mir die Aufklärung des Falles zuzutrauen.«

Dieter nickte. »Ja, ich auch. Gut, dass du das machst. Wie kann ich dir helfen?«

»Ich möchte alles wissen, was hilfreich ist. Und alles über dein Verhältnis zu Markus.«

»Oje«, Dieter stöhnte, »klingt so, als ob dir bereits einiges zu Ohren gekommen ist.«

»Ja, aber ich möchte es gerne von dir hören«, erwiderte Elena lächelnd und doch mit einem Blick, der Dieter zu verstehen gab, dass es ihr ernst war.

»Okay, aus den drei Musketieren sind drei Widersacher geworden, wie du wohl schon gehört hast. Ich habe immer gedacht, Markus sei mein Freund. Aber eigentlich war er immer schon ein Arsch – entschuldige meine Ausdrucksweise. Als Sebastian zum ersten Mal wirklich etwas von ihm brauchte, dass er ein gutes Wort bei der Kanzlei für ihn einlegt, da war es aus mit der Freundschaft zwischen den beiden. Und kurz danach auch zwischen uns. Markus hat mir ein Verfahren an den Hals gehängt, weil es Ärger mit einem Mandanten gab, der mir vorwarf, einen angeblich bewussten und vorsätzlichen Fehler bei der Abrechnung gemacht zu haben. Das wäre Betrug. In Wirklichkeit war es aber Kleinscheiß, eine lächerliche Summe. Das hätte er ablehnen können, er hätte ja nicht gegen einen Freund prozessieren müssen. Hat er aber, mit allem Aufwand und allen Tricks. Ich wollte doch mit der Unternehmensberatung ein wenig mehr Ruhe haben, deswegen bin ich ja überhaupt aus der Kanzlei raus. Ich Idiot hatte ihn auch noch empfohlen. Und dann macht er mich fertig. Wegen ihm steh ich vor dem Konkurs! Kannst du dir vorstellen, was das für mich bedeutet?«

Elena überlegte. Sebastian war von jeher Mister Leichtfuß gewesen, Dieter schon immer etwas zögerlich und Markus wollte von Anfang an ganz nach oben. Trotzdem hätte sie nie gedacht, dass er dabei über die Leichen seiner Freunde gehen würde.

Dieter schien auch gerade in eine ähnliche Richtung zu denken.

»Mensch, was haben wir damals alles gemeinsam erlebt. Unsere Partys waren legendär. Weißt du noch, als wir eingeladen haben zu den ›Roaring Twenties‹ und alle Besucher kamen mit Anzug und Charleston-Kleidern, mit Federboas und langstieligen Mundstücken für ihre Zigaretten?«

Natürlich konnte Elena sich erinnern. »Ich glaube, wir haben danach tagelang geputzt, bis man wieder einigermaßen in der Bude leben konnte«, erinnerte sie sich auch an die Spätfolgen der Party.

»Sag ehrlich, hättest du es für möglich gehalten, dass wir uns später alle gegenseitig fertigmachen würden?«

Nein, Elena schüttelte heftig den Kopf, das hätte sie wirklich nicht.

»Nur unsere Frauen, die verstanden sich immer noch, obwohl wir Männer schon längst nicht mehr miteinander sprachen.«

Dieter schien das selbst zu wundern. Aber Elena hatte es ja gestern Abend mit eigenen Augen gesehen, eine verschworene Gemeinschaft, die drei Damen. Doch musste eine liebende Ehefrau nicht immer zu ihrem Mann halten? Konnte man guten Gewissens mit einer Frau befreundet sein, deren Mann sich mit dem eigenen befeindete? Wahrscheinlich gab es darauf keine allgemeingültige Antwort.

Dieter stützte den Kopf in die Hände und fing leise an zu weinen. »Trotzdem, das hätte selbst ich ihm nie gewünscht. Niemals. Wer macht denn so was? Wer zerstört das Leben unschuldiger Menschen mit einer Bombe?«

»Ich weiß es nicht, Dieter. Aber wir werden es herausfinden, das verspreche ich dir!«

Elena entschied sich, das Gespräch an dieser Stelle zu beenden. Dieter war sichtlich mitgenommen und sie würde heute nichts Brauchbares mehr von ihm erfahren. Sie begleitete ihn nach unten und bis zu seinem Wagen. Als er davonfuhr, sah sie ihm so lange hinterher, bis er an der nächsten Kreuzung aus ihrem Blickfeld verschwand.

KAPITEL 13

Fricke und Oppermann fanden schnell eine Pizzeria in der Nähe und nahmen dort ihr Mittagessen zu sich. Während Fricke zu einer Salamipizza ein Pils bestellte, wählte Oppermann zu den Spaghetti in Gorgonzolasoße nur ein Wasser. Danach folgten sie den Anweisungen des Navigationsgerätes und parkten schließlich gegen 15 Uhr vor der Villa des Rechtsanwalts und Kanzleipartners Karsten Schönborn.

»Was haben Sie für ein Gefühl bezüglich Schönborn?«, fragte Oppermann, als Fricke den Motor abgestellt hatte.

»Gar keins. Ich bin eigentlich recht froh, mal unvoreingenommen mit jemandem reden zu können«, antwortete Fricke und wählte mit der Freisprecheinrichtung die Handynummer der Staatsanwältin an.

»Ich bin's«, sagte er, nachdem sie sich gemeldet hatte, weil sie seinen Namen sicherlich schon auf dem Display gelesen hatte. »Schicken Sie doch bitte mal einen Wagen zu dem Bürogebäude, in dem sich die Kanzlei befindet. Die sollen dort eine Kopie der Bilder von den Überwachungskameras aus der Tiefgarage abholen.«

»Aber die haben wir doch längst. Liegen beim LKA. Waren Sie noch nicht dort?«, fragte Elena.

Fricke berichtete ihr kurz davon, dass das BKA die Filme an sich genommen hatte und keine Auswertung vorhanden war. Von der Zusammensetzung der Bombe erzählte er noch nichts. Dafür hatte er jetzt keine Geduld. Stattdessen erklärte er, dass er in zwei Stunden im Hotel wäre. Dort würden sie dann alle gesammelten Informationen austauschen und auswerten.

Die Staatsanwältin versicherte ihm, sofort einen Streifenwagen loszuschicken, und bestätigte den 17-Uhr-Termin im Hotel.

»Also dann«, sagte Fricke, als er aufgelegt hatte, stieg aus dem Wagen und lief auf den Eingang der Villa zu.

»Ich hätte Jura studieren sollen!« Oppermann sah an dem imposanten Gebäude hoch.

»Ja, um mit einem Bus in die Luft zu fliegen«, kommentierte Fricke und klingelte an der Haustür.

Nach wenigen Sekunden öffnete eine junge, südländisch wirkende Frau die Tür. Fricke schätzte sie auf höchstens Ende 20.

»Guten Tag. Mein Name ist Fricke, das ist mein Kollege Oppermann. Wir sind von der Kriminalpolizei und würden gerne Herrn Schönborn sprechen.«

Die Frau bat um einen kurzen Moment Geduld und verschwand im Haus, wobei sie die Tür offen stehen ließ. Kurz darauf kam sie wieder zurück und bat die Beamten, ihr in die erste Etage zu folgen. Dort führte sie die Männer in ein geräumiges Schlafzimmer.

Karsten Schönborn saß, von einem flauschigen Kissen gestützt, halb aufrecht im Bett. »Guten Tag, meine Herren. Bitte holen Sie sich aus dem Arbeitszimmer nebenan zwei Stühle und setzen Sie sich zu mir«, bat er seine Besucher mit dünner Stimme.

Oppermann bedankte sich und machte sich auf den Weg nach nebenan, während Fricke vor dem Bett stehen blieb. Er musste kein Mediziner sein, um zu erkennen, dass der Mann darin tatsächlich krank war. Neben dem Bett stand ein Eimer, auf dem Nachttisch lagen einige Tablettenschachteln und eine Tasse, in der ein Teebeutel lag. Der Mann war blass und hatte blutunterlaufene Augen.

»Magen-Darm-Grippe«, erklärte Schönborn matt.

»Gute Besserung, Herr Schönborn. Wir werden es so schnell wie möglich hinter uns bringen«, antwortete Fricke und nahm Oppermann, der gerade wieder zurück ins Schlafzimmer kam, einen der beiden mitgebrachten Stühle ab.

Als Oppermann bemerkte, dass er seinen direkt neben dem Eimer platziert hatte, rückte er ihn dezent ein Stück zur Seite. Schönborn war das nicht entgangen. »Keine Angst, er ist leer. Ich leide nur noch unter leichter Übelkeit. Der Eimer ist eine Vorsichtsmaßnahme«, lächelte er etwas gequält.

Oppermann lächelte ebenfalls, allerdings verlegen, setzte sich schließlich und zog wie Fricke sein Notizbuch aus der Sakkotasche hervor.

»Mein herzliches Beileid zunächst. Man hat Sie sicherlich informiert«, sagte Fricke.

Schönborn legte seine Stirn in Falten: »Ja, und es stand auch in der Zeitung gestern. Aber Ihr Beileid brauche ich nicht. Ich leide nicht.«

»Sie hatten kein gutes Verhältnis zu Ihren Kollegen?«, fragte Fricke erstaunt.

»Nein. Wir haben zusammen gearbeitet, aber das war es auch schon. Privat habe ich mich stets von den Kollegen ferngehalten. Das soll jetzt nicht heißen, dass ich sie nicht mochte, aber Arbeit ist Arbeit und Privatleben ist Privatleben. Ich habe schon immer sehr darauf geachtet, diese beiden Bereiche voneinander zu trennen.«

»Verstehe«, antwortete Fricke. »Herr Schönborn, wenn Sie sich, und ich bin sicher, das haben Sie bereits getan, Gedanken darüber machen, wer für die Tat verantwortlich sein könnte …«

Schönborn versuchte zu lachen, was in einem Hustenanfall endete. Oppermann rutschte unbehaglich auf seinem Stuhl hin und her. Er schielte immer wieder auf den Eimer und hoffte, Schönborn würde ihn nicht brauchen.

Nachdem sich der Husten gelegt hatte, winkte der Hausherr erschöpft ab: »Da sind so viele. Einen konkreten Verdacht habe ich aber nicht.«

»Wie geht es jetzt weiter mit der Kanzlei?«, erkundigte sich Oppermann.

Er werde die Kanzlei übernehmen, erklärte Schönborn. Wie Fricke und Oppermann bereits in Erwägung gezogen hatten, gingen die Anteile der verstorbenen Partner zu gleichen Teilen an die anderen Partner über.

»Ich werde versuchen, Lohmann auszuzahlen, wenn er wieder auf dem Damm ist. Dann werde ich umstrukturieren und die Kanzlei alleine leiten. Liegt er denn noch im Koma?«

»Ich nehme es an, Herr Schönborn. Ich habe zumindest noch nichts Gegenteiliges gehört. Aber warum wollen Sie ihn auszahlen? Können oder wollen Sie nicht mit ihm zusammen die Kanzlei weiterführen?« Fricke beobachtete sein Gegenüber genau.

»Beides. Ich kann nicht und ich will nicht. Lohmann ist in der Zeit, in der er bei uns tätig war, zu einem Raubtier geworden. Für ihn zählte nur der Profit. Er fischte sich stets die Fälle heraus, die für die meiste Publicity sorgten und ihm Gewinn und Ruhm einbrachten. Sehr zur Freude Bartelsens. Ich habe schon lange damit geliebäugelt, auszusteigen.«

»Aber wollen das nicht alle Rechtsanwälte? Geld, Ruhm, Publicity, erfolgsversprechende Fälle?« Fricke ließ die Frage harmlos klingen.

»Ich denke nicht, dass man das nur auf uns Rechtsanwälte beziehen kann. Wahrscheinlich gibt es in jeder Branche Leute, die das wollen. Sie zum Beispiel«, erwiderte Schönborn.

Fricke stutzte. Nein, um Ruhm ging es ihm nun wirklich nicht. Er wollte einfach nur seine Fälle lösen. Sein Einkommen würde sich, gemessen an seinen erfolgreich abgeschlossenen Fällen, nicht erhöhen, und was er am meisten verabscheute, war Publicity – das Auftreten in der Öffentlichkeit, vor der Presse zum Beispiel, war so überhaupt nicht sein Ding.

»Sie mochten Lohmann nicht. Habe ich das richtig verstanden?«, fragte er, ohne auf die Bemerkung Schönborns einzugehen.

»Ich mochte weder Lohmann noch die übrigen Partner. Und dafür gibt es einen guten Grund: Jeder von ihnen hatte zwei Sekretärinnen. Eine, die dafür zuständig war, zum aktuellen Fall Material zusammenzutragen, Termine mit Zeugen zu machen und so weiter. Die andere war – rein offiziell – da, um Kanzleiangelegenheiten zu erledigen. Also den üblichen Bürokram. Wenn Sie die Damen mal gesehen hätten, wäre Ihnen schnell klar geworden, dass bei ihrer Auswahl eher optische als fachliche Kompetenzen eine Rolle gespielt haben, denn diese ›Privatsekretärinnen‹ waren für mehr als nur Papierkram zuständig. Im Klartext: Jeder Partner hatte was mit seiner Sekretärin, und wenn eine sich weigerte, wurde sie kurzerhand entlassen. So einfach war das bei denen.«

Fricke notierte sich, was Schönborn erzählte, und war kurz versucht, ihn zu fragen, ob er selbst denn auch eine Sekretärin »für besondere Aufgaben« hatte. »Sie sind verheiratet, oder?«, erkundigte er sich stattdessen.

Schönborn verstand, worauf die Frage abzielte. Er reagierte allerdings gelassen. »Ja, das bin ich, und ich bin meiner Frau ein treuer Ehemann, wenn Sie darauf anspielen möchten.«

Fricke hob abwehrend die Hände. »Um Gottes willen, ich möchte Ihnen nichts unterstellen.« Sicher war er sich allerdings nicht, ob er Schönborn diese Aussage abnehmen sollte. Er dachte an die südländische Haushälterin, die ihnen die Tür geöffnet hatte.

»Gab es da vielleicht eine Sekretärin, die damit drohte, der Kanzlei Schaden zuzufügen, nachdem man sie entlassen hatte?«

Schönborn überlegte und schüttelte schließlich den Kopf. »Nein, ich wüsste keine, die sich über ihre Entlassung übermäßig aufgeregt hat. Wir haben stets eine ordentliche … ich nenne es mal Abfindung oder, wie es einige scherzhaft nannten, Aufwandsentschädigung gezahlt und den Damen ein gutes Zeugnis ausgestellt.«

Oppermann konnte sich vorstellen, was das hieß. Formulierungen wie »Die meist strebsame …« machten jedem potenziellen zukünftigen Arbeitgeber klar, was für eine Sorte Sekretärin er da vor sich hatte. Er hob missbilligend eine Augenbraue, enthielt sich aber eines Kommentars.

»Zurück zu Markus Lohmann. Glauben Sie, er lässt sich auszahlen?«, setzte Fricke die Befragung fort.

»Ich hoffe es. Wenn nicht, werde ich meine eigene Kanzlei gründen. Mit Lohmann werde ich auf gar keinen Fall mehr zusammenarbeiten. Er war der Schlimmste von allen.«

Fricke machte sich Notizen, nickte und forderte Schönborn auf, zu erklären, was er damit meinte.

»Lohmann ging über Leichen. Zum Beispiel, als wir gegen die Unternehmensberatung Munsch klagen mussten. Nicht nur, dass Dieter selbst in unserer Kanzlei tätig gewesen war, Lohmann hat offenbar zu Studentenzeiten sogar mit ihm in einer Wohngemeinschaft zusammengelebt. Die beiden waren mal befreundet! Wir haben beratschlagt, wer von uns den Fall übernimmt. Lohmann riss den Fall förmlich an sich. Gegen einen Ex-Kollegen! Gegen seinen Freund! Er gewann den Prozess und holte beim Richter eine Schadensersatzsumme in Millionenhöhe für unseren Mandanten heraus. Munsch war ruiniert. Lohmann prahlte anschließend in der Kanzlei mit seinem Erfolg und spendierte der Belegschaft eine Kiste Champagner.«

»Beinhart, der Mann«, bemerkte Oppermann.

»Ich habe ihn darauf angesprochen. Er meinte, es sei nun mal sein Job. Sein hämisches Lachen dabei werde ich allerdings nie vergessen. Muss ich noch mehr sagen?«

»Dachten alle in der Kanzlei so über ihn?«, wollte Fricke wissen.

»Eigentlich waren die Partner begeistert, dass er so viele Fälle für die Kanzlei gewann. Aber alle waren sich einig, dass es besser war, sich nicht mit ihm anzulegen. Er kannte einfach keine Freunde. Die, die er mal gehabt hatte, vergraulte er einen nach dem anderen. So wie Munsch oder auch Birnbaum. Der war auch ein Freund von ihm gewesen.«

»Der Staatsanwalt?«, wurde Fricke hellhörig.

»Ja, genau der. Den hat er vor Gericht lächerlich gemacht, und ich glaube, das hat ihn die Beförderung zum Oberstaatsanwalt gekostet.«

»Können Sie das bitte näher erklären?« Fricke ärgerte sich, dass er sein Aufnahmegerät nicht dabeihatte. Das lag im Handschuhfach des BMW. Er wollte aber Lohmanns Redefluss keinesfalls stoppen, um es zu holen. Nicht jetzt, wo dieser so hochbrisante Informationen preisgab. Im Zweifel hätte er ohne Elena sowieso wieder die falsche Taste gedrückt und das Gerät hätte gar nichts aufgenommen.

Schönborn setzte sich in seinem Bett zurecht. »Sicher kann ich das«, entgegnete er. »Lohmann vertrat einen wichtigen, wenn nicht sogar den wichtigsten Klienten der Kanzlei. Einen Unternehmer, der beschuldigt wurde, seine Frau zusammengeschlagen zu haben, bei gleichzeitigem Verstoß gegen das Betäubungsmittelgesetz. Er soll zuvor gekokst haben.«

»Und, war er schuldig?«, fragte Oppermann.

»Ja, war er. Aber Lohmann konnte das mildeste Urteil für ihn herausholen. Um die Gewaltbereitschaft des Angeklagten zu belegen, holte Birnbaum einen Psychiater in den Zeugenstand. Dieser machte ein Assoziationsspiel mit dem Beschuldigten. Er sollte aufschreiben, was ihm zu dem Wort ›Widerspruch‹ einfiel. Fünf oder sechs Begriffe. Anschließend las der Richter die Begriffe vor, die ihm von Lohmann auf einem Zettel übergeben worden waren. Der Psychiater schlussfolgerte daraus, dass der Angeklagte gewaltbereit sei und ein enormes aggressives Potenzial habe. Birnbaum freute sich schon über den vermeintlichen Erfolg. Doch dann stand Lohmann auf, entschuldigte sich beim Richter und übergab ihm einen weiteren Zettel – den richtigen.«

»Wie, den richtigen? Welchen hatte er ihm denn vorher gegeben?«, fragte Oppermann verwirrt.

»Seinen eigenen. Ich saß zwischen den Zuschauern, weil ich gerade zufällig am Gericht war und den Prozess verfolgen wollte. Sie können sich vorstellen, dass das Gelächter groß war. Sogar der Richter musste schmunzeln. Lohmann hatte Birnbaum und den Psychiater öffentlich vorgeführt.«

»Würden Sie Birnbaum zutrauen, dafür Rache zu nehmen?«, fragte Fricke und sah Schönborn aufmerksam an.

Der schwieg. Fricke fragte sich zwar, wie er seinen Gesichtsausdruck deuten sollte, wusste aber, dass es keinen Sinn hatte, weiterzufragen. Schönborn würde sich hüten, jemanden offiziell zu verdächtigen.

»Herzlichen Dank, Herr Schönborn. Wir sind dann hiermit fertig für heute. Gute Besserung weiterhin«, sagte er schließlich, stand auf und nickte Oppermann auffordernd zu. Der verabschiedete sich ebenfalls und folgte Fricke zur Schlafzimmertür, wo dieser unvermittelt innehielt. »Ich weiß, die Frage erübrigt sich angesichts Ihres Gesundheitszustandes, aber ich muss es Sie dennoch fragen: Wo waren Sie am Freitagmorgen gegen 7 Uhr und kann das jemand bezeugen?«

»Hier im Bett, und ja, meine Frau. Und auch das Hausmädchen«, antwortete Schönborn.

Fricke und Oppermann ließen sich Schönborns Angaben von der südländischen Frau bestätigen, als sie ihnen unten die Haustür aufhielt. Dann verließen sie die Schönborn'sche Villa.

Auf dem Weg zu Frickes Dienstwagen schwiegen sie sich gegenseitig an. Im Auto ergriff Oppermann als Erster das Wort: »Munsch und Birnbaum, also«, murmelte er.

»Ja. Die Sache mit der Rache einer enttäuschten Sekretärin sollten wir zwar nicht aus den Augen verlieren, aber wir fokussieren uns auf diese beiden.«

»Aber können die solche Bomben bauen?«, fragte Oppermann.

»Unwahrscheinlich. Es gilt zu überprüfen, ob einer von beiden Kontakte zur Fremdenlegion hat. Birnbaum jedenfalls kennt als Staatsanwalt sicher genug Leute, die solche Verbindungen haben.«

»Fahren wir zu ihm?«

Fricke sah auf die Uhr. »Nein. Wir sind gleich mit der Staatsanwältin verabredet. Mal hören, was sie so zu sagen hat«, antwortete er und startete den Motor.

KAPITEL 14

Montag, Landgericht Kiel, 9 Uhr

Kaum dass Elena in ihrem Büro saß, öffnete sich die Tür und Sebastian sah herein.

»Führst du mich vielleicht bei allen herum?«

»Aber heute bitte ohne Händchenhalten«, gab Elena zurück und erhob sich aus ihrem Schreibtischstuhl.

»Frau Staatsanwältin Karinoglous«, sagte er in offiziellem Tonfall und machte eine einladende Handbewegung, ihm zu folgen. Gemeinsam begannen sie ihren Rundgang durch die Büros der Staatsanwälte.

Alle begrüßten den Neuen freundlich und bedankten sich nebenbei bei Elena dafür, dass sie den mit Sicherheit komplizierten und aufwendigen Fall des Bombenattentats übernommen hatte. Zumindest inoffiziell, denn Abraham war derjenige, der als leitender Staatsanwalt in Erscheinung trat.

Bei den Sekretärinnen angekommen, ließ Sebastian seinen ganzen Charme spielen.

»Meine Damen, ich bin neu hier und freue mich am meisten auf die Zusammenarbeit mit Ihnen! Meine Begleitung kennen Sie sicherlich, es ist die wundervolle Staatsanwältin Elena Karinoglous. Sie hat freiwillig die Klärung des Bombenattentats in Kiel übernommen und ist dafür auch genau die Richtige.« Er lachte verschmitzt.

»Sie ist nämlich selbst eine Bombe! – Ich kann das beurteilen, denn ich kenne sie von früher.« Sebastian zwinkerte in die Runde und die Sekretärinnen lachten. Das Eis war gebrochen. »Wir haben viele Gemeinsamkeiten, zum Beispiel trinken wir beide am liebsten Espresso.« Wieder zwinkerte er den Damen verschwörerisch zu, bevor er jede von ihnen einzeln per Handschlag begrüßte.

»Ich bin für Sie abgestellt«, erklärte eine pummelige Frau mit lila Brille ihm, als er mit der Begrüßungsrunde bei ihr angekommen war. »Ich bin auch für Frau Karinoglous zuständig und kann sehr guten Espresso kochen – und natürlich auch andere wichtige Dinge für Sie erledigen.«

»Oh danke, das klingt hervorragend. Ich weiß jetzt schon, dass ich Sie lieben werde! Und Sie heißen?«

»Maibaum, Ulrike Maibaum.« Ihr Lächeln ließ keinen Zweifel daran, dass er ihr Herz bereits im Sturm erobert hatte.

Nachdem er sich gebührend verabschiedet hatte, brachte Sebastian Elena wieder zurück bis zu ihrem Büro. Den Weg kannte er inzwischen.

»Danke, Elena«, sagte er bei der Verabschiedung an ihrer Tür eindringlich. »Du hast mir den Einstieg hier sehr erleichtert.« Er gab ihr einen Kuss auf die Wange und fügte hinzu: »Ich will auch, dass du den Fall aufklärst. Und so, wie es aussieht, werden dich hier alle dabei unterstützen. Mich inbegriffen«, erklärte er.

Sie wollte gerade die Tür zwischen ihnen schließen, als er noch etwas hinzufügte. »Also, genau genommen, Lenchen, stehst du doch in meiner Schuld. Aber ich habe schon eine Idee, wie du sie abgelten kannst. Heute, 20 Uhr, ein Essen bei unserem Italiener?«

Sie setzte gerade an, etwas einzuwenden, doch er ließ sie nicht zu Wort kommen: »Kein Widerspruch, ich hol dich ab!« Er lächelte ihr noch einmal zu und schloss dann die Tür.

Elena schüttelte den Kopf. Sie hatte jetzt keine Zeit, weiter darüber nachzudenken, was sie von der Einladung halten sollte, denn bereits um 11 Uhr hatte sie einen Termin bei der Ehefrau des Kanzleiinhabers Bartelsen. Und dieser Termin würde nicht leicht für sie werden, denn sie kannte auch Barbara Bartelsen gut.

Pünktlich um kurz vor elf fand sich die Staatsanwältin vor der prächtigen Bartelsen-Villa wieder: Walmdach, gusseisernes Tor und zwei riesige Wolfshunde, die majestätisch und angsteinflößend zugleich dahinter lagen. So etwas konnte man sich mit dem Gehalt eines Staatsanwaltes nicht leisten, ging es Elena durch den Kopf. Wenn man Jura studierte, hatte man mehrere Möglichkeiten: Die Oberoberstreber wurden Notare. Mit Abstand die langweiligste juristische Tätigkeit, aber absolut krisensicher und hervorragend bezahlt. Die besten Juristen, die gleichzeitig Sicherheit suchten, wurden Richter. Elena hätte die entsprechende Note im Staatsexamen dafür gehabt, aber für sie hatte schon zu Beginn des Studiums festgestanden, dass sie in die Staatsanwaltschaft wollte, um Fälle nicht nur zu beurteilen, sondern auch an ihrer Aufklärung mitzuwirken. Der überwiegende Teil der Juristen aber verdingte sich als Rechtsanwälte. Gehörte man zu den Wald- und Wiesenanwälten, konnte man sich finanziell eher schlecht als recht über Wasser halten. War man dagegen einer der wenigen Topjuristen in einer bekannten Kanzlei, verdiente man Geld wie Heu. Für Elena war das dennoch nie infrage gekommen. Als Staatsanwältin sah sie sich stets Seite an Seite mit Justitia, der Personifikation der Gerechtigkeit, der Frau mit den verbundenen Augen und der Waage in der Hand. Und allein das war es, was für sie zählte. Sie war auch nicht neidisch auf eine Prachtvilla wie die, vor der sie nun stand. Genügend Geld zu haben, war ganz angenehm, aber solche Dimensionen brauchte sie nicht.

Sie klingelte am Tor und registrierte die Überwachungskamera, die auf sie gerichtet war.

»Ja, bitte«, knarrte es durch die Gegensprechanlage.

»Staatsanwältin Elena Karinoglous. Ich habe einen Termin mit Barbara Bartelsen.«

Zuerst ertönte der schrille Pfiff einer Hundepfeife, der die Hunde sofort veranlasste, zur Villa zu laufen. Anschließend öffnete sich das Tor mit einem dezenten Surren.

An der Haustür empfing Elena eine Frau, bei der es sich um die Haushälterin zu handeln schien. »Frau Bartelsen erwartet Sie im Salon«, erklärte sie und ließ Elena eintreten.

Die Staatsanwältin lief zielsicher an der Haushälterin vorbei und weiter den Gang entlang. Ihre Gedanken flogen zurück in die Vergangenheit. An ihr erstes juristisches Praktikum in Bartelsens Kanzlei war sie über die Bekanntschaft ihres Vaters zu Bartelsen gelangt – beide waren Mitglied im gleichen Rotarierclub.

Als sie den Salon betrat, sprang Barbara vom Sofa auf. Ihre rot verquollenen Augen sprachen Bände darüber, wie es um ihren Gemütszustand bestellt war. Sie lief auf Elena zu und umarmte sie. Etwas hilflos erwiderte Elena die Umarmung und nahm dabei eine deutliche Alkoholfahne wahr.

»Setz dich«, Barbara wies auf einen Sessel und strich Elena über die Wange, »die kleine Elena von meiner Freundin Elisabeth. Ich sehe dich noch vor mir, wie du mit deinen Puppen gespielt hast, wenn ich früher bei deiner Mama zu Besuch war. Geht es Elisabeth gut?«

Elena nickte nur und setzte sich.

Barbara wies auf ein Whiskyglas vor sich: »Ich konnte nicht anders. Willst du auch einen?«

Elena schüttelte den Kopf und wartete erst einmal ab, denn ein heftiges Schluchzen ließ die Frau vor ihr erbeben.

»Ich glaube es einfach nicht, ich kann es nicht glauben«, presste Barbara heraus, als sie wieder zu Atem kam, und nahm noch einen kräftigen Schluck aus ihrem Glas.

»Barbara, du weißt, ich bin die ermittelnde Staatsanwältin in diesem Fall, und ich würde dir daher gerne ein paar Fragen stellen. Je schneller wir die Untersuchungen aufnehmen, desto größer ist die Chance, dass wir den Schuldigen finden. Fühlst du dich in der Lage, mir meine Fragen zu beantworten?«

Barbara nickte tapfer. Sie angelte sich ein Taschentuch aus der bereitstehenden Box und schniefte geräuschvoll hinein.

»Ja, ich versuch's. Frag!«, forderte sie dann.

»Du weißt, dass das Attentat mittels einer Bombe durchgeführt wurde. Das ist sehr unüblich hierzulande. Diese Art Verbrechen deutet eher auf mafiöse oder großkriminelle Kreise hin. Es stellt sich also die Frage: Hast du Vermutungen, wer der oder die Täter sein könnten? Hat die Kanzlei mit Großverbrechern zu tun gehabt? Gab es vielleicht verlorene Prozesse im Mafiaumfeld oder im Milieu? Hast du erste Vermutungen?«

»Ich denke schon die ganze Zeit darüber nach. Zunächst ist mir rein gar nichts dazu eingefallen.« Barbara wischte sich mit einem frischen Taschentuch über die Augen und erschien plötzlich wieder gefasster. »Aber tatsächlich hatte Martin in den letzten Wochen viel Ärger. Er ist fast überhaupt nicht mehr nach Hause gekommen. Wir haben uns eigentlich nur noch beim Frühstück gesehen.«

Elena hatte ihren Notizblock gezückt und sah Barbara aufmerksam an.

»Zum einen war da ein Anwalt. Ich glaube, er hieß Birnbaum. Den Namen kannst du dir von der Sekretärin heraussuchen lassen.«

Barbara Bartelsen stoppte, als sie merkte, was sie da gerade gesagt hatte. Sie schlug sich die Hände vor den Mund. Das würde wohl kaum mehr möglich sein. Die Sekretärin war ebenso tot wie ihr Mann.

Elena legte beruhigend ihre Hand auf Barbaras flattrige Finger. »Ist okay, ich finde den Namen, erzähl weiter.« Sie wollte nicht preisgeben, dass sie den Namen und auch die Person dahinter nur allzu gut kannte.

»Jedenfalls wollte dieser Mann Anwalt in der Kanzlei werden. Und sollte sogar eine Partnerschaft angeboten bekommen. Ich glaube, es war bereits alles abgesprochen. Und dann passierte irgendetwas. Ich weiß nicht genau, was, nur dass Martin stinksauer war. Ich glaube, Lohmann legte sein Veto ein. Aber mehr kann ich dir nicht sagen. Es gab einen Rieseneklat unter den Partnern.«

Elena nickte. Das war ein Verdachtsmoment. In diese Richtung würde sie wohl oder übel ermitteln müssen.

»Und dann war da dieser Bertoldi. Ein Italiener. Ich bin zwar nicht sicher, aber da könnte natürlich die Mafia dahinterstecken. Sein Bruder war in den Knast gewandert, obwohl er von Martin vertreten worden war. Martin meinte, die Beweislast sei einfach zu erdrückend gewesen. Bertoldi aber war überzeugt, dass Martin versagt hatte. Er muss sich anschließend in der Kanzlei aufgeführt haben wie eine Wildsau. Hat randaliert und dabei ein Bild zerstört – einen nummerierten Picasso-Druck. Der hat ein Heidengeld gekostet!«

Elena nickte. Auch dies war eine Spur, der sie nachgehen musste. Sie glaubte sogar, sich an einen entsprechenden Fall erinnern zu können. Emilio Bertoldi, Zwangsprostitution, Geldwäscherei – sie würde sich den Vorgang noch mal raussuchen lassen und auf das Stichwort Mafia hin überprüfen. Auch wenn sie nicht allzu verbreitet waren in Deutschland, so gab es mafiöse Strukturen durchaus auch hier. Der vorliegende Bomben-Fall könnte damit in Zusammenhang stehen.

»Sonst noch etwas?«, fragte sie.

»Ich weiß nicht, ob ich das noch erzählen soll. Es ist nur ein Gerücht und wahrscheinlich vollkommen haltlos.« Barbara Bartelsen wirkte verlegen. Elena konnte ihr förmlich ansehen, wie sie mit sich rang, ob sie das, was ihr da gerade in den Sinn gekommen war, tatsächlich ansprechen sollte. Solange Elena sie kannte, hatte sich die Anwaltsgattin nie etwas aus Klatsch und Tratsch gemacht. Doch dieses Mal ging es um Mord und da konnte einfach jeder Hinweis nützlich sein.

»Nur zu«, nickte Elena ihr aufmunternd zu, »mir hilft momentan alles weiter.«

»Da war diese Nadine.« Barbara nahm einen tiefen Schluck von ihrem Whisky. »So eine dralle Blondine. Als ich sie das erste Mal gesehen habe, habe ich Martin bereits davon abgeraten, sie einzustellen. Aber such heutzutage mal eine fähige Rechtsanwaltsgehilfin – es gibt fast keine, und da die Kanzlei gerade expandierte, brauchten sie dringend weitere Angestellte. Jedenfalls kam, was kommen musste, und der Lohmann hat natürlich sofort was mit ihr angefangen. Es war ein offenes Geheimnis, jeder in der Kanzlei wusste Bescheid. Die haben's sogar nach Feierabend im Büro getrieben und sind dabei nicht nur einmal von der Putzfrau überrascht worden. Am Ende hat sich dieses Naivchen wohl eingebildet, er verlässt seine Freundin für sie. Hat er natürlich nicht. Und seltsamerweise war ausgerechnet sie nicht dabei beim Betriebsausflug. Schon merkwürdig, oder? Die hat doch sonst jede Gelegenheit mitgenommen, ihren Lohmann für sich zu haben. Was hätte sich da besser angeboten als das gemeinsame Wochenende fernab von zu Hause?« Barbara hatte sich richtig in Rage geredet.

»Ihr vollständiger Name?«, fragte Elena.

»Nadine Ellermann«, entgegnete Barbara. Sie stand auf und lief ein paar Schritte im Zimmer umher.

»Vielleicht sage ich das aber auch nur, weil mich das alles so geärgert hat. Solche Frauen haben in der Kanzlei einfach nichts zu suchen.«

»Es ist gut, dass du mir davon erzählt hast. Ich bin dankbar für jede Information. Fällt dir vielleicht sonst noch was ein?« Tatsächlich war Elena froh, dass Barbara sich von ihren Emotionen dazu hatte hinreißen lassen, ihre Gedanken mit ihr zu teilen. Gerüchte über Affären innerhalb einer Firma waren nicht selten, und wenn ein Verbrechen geschah, das damit in Zusammenhang stehen könnte, war es Elenas Aufgabe, diesen nachzugehen. Ob sie dann im Sande verliefen oder doch eine wichtige Rolle spielten, konnte man oft erst nach der Aufklärung eines Falles sagen. Wenn es tatsächlich stimmte, dass Markus ein Verhältnis mit Nadine Ellermann gehabt hatte, dann ließ sich hieraus ein Motiv ableiten – ob nun für Susanne Winter aus Eifersucht oder für Nadine Ellermann, die nicht ertragen konnte, dass Markus sich ihretwegen nicht von Susanne trennen wollte. Wobei Elena Letzteres für unwahrscheinlich hielt. Aus einem solchen Beweggrund heraus schickte man nicht gleich alle Kollegen in den Tod. Viel eher hätte Nadine doch ihre Rivalin Susanne Winter ausgeschaltet.

»Nein, sonst habe ich wirklich keine Idee mehr, wer dahinterstecken könnte. Ich habe ja schon die ganze Nacht überlegt.«

»Über die Beziehung Lohmann–Winter kannst du mir nichts sagen, oder? Ich meine, hast du den Eindruck, dass sie sich wirklich lieben? Hätte Nadine Ellermann eine ernsthafte Gefahr für die Beziehung werden können? Ich weiß, Klatsch und Tratsch sind nicht dein Ding, und ich sehe dir an, dass es dir unangenehm ist, darüber zu sprechen. Aber ich brauche jeden noch so kleinen Hinweis. Was hattest du für einen Eindruck von den beiden?«, fragte Elena.

Barbara Bartelsen schüttelte nachdenklich den Kopf und erklärte, dass es kaum Kontakt zwischen ihnen gab. Sicher, man sei sich das ein oder andere Mal zu verschiedenen Anlässen begegnet, die mit der Kanzlei in Zusammenhang gestanden hätten. Aber das sei jeweils viel zu kurz gewesen, um sich einen wirklichen Eindruck zu verschaffen. Unterhalten hätte sie sich bei diesen Begegnungen kaum mit den beiden.

»Okay, dann belassen wir es dabei. Wenn dir noch etwas einfällt, ruf mich bitte an. Egal, wie belanglos es dir auch erscheinen mag.«

Elena legte ihre Visitenkarte neben das Whiskyglas auf dem Tischchen. Dann standen beide auf und umarmten sich stumm.

»Soll ich vielleicht meine Mutter bitten, zu dir zu kommen?«, fragte Elena, nachdem sie sich voneinander gelöst hatten, und sah Barbara forschend ins Gesicht.

»Nein, danke«, winkte sie ab, »eigentlich müssten meine Tochter und mein Sohn jeden Moment hier ankommen. Ich habe sie gestern informiert und sie haben versprochen, sich heute auf den Weg zu machen.«

Elena fand alleine nach draußen. Es hatte sie beruhigt zu wissen, dass Barbara in diesen schweren Stunden Beistand von ihren Kindern bekommen würde. Aber auch für die beiden musste der plötzliche Verlust des Vaters ein großer Schock sein.

Im Garten hielt sie kurz bei den riesigen Wolfshunden an, die lammfromm neben der Treppe lagen. Sie kraulte einem von ihnen den Kopf, der sich das gerne gefallen ließ. Um das Haus beneidete sie Barbara nicht, aber einen Hund, den hätte sie schon immer gerne gehabt. Leider war das absolut unvereinbar mit ihrem Beruf.

Das riesige Tier legte sich nun auf den Rücken und wollte sich offensichtlich auch noch den Bauch kraulen lassen. »Na, du bist mir ein Wachhund!«, lachte Elena und tat ihm den Gefallen, bevor sie sich auf den Weg zu ihrem Auto machte.

Auf der Rückfahrt telefonierte sie über das Handy mit dem BKA. Sie ließ sich mit Hellmdorn verbinden. Diesen und Klingers Namen hatte sie sich zuvor auf einem Zettel notiert. Ganz so, wie Fricke es ihr mitgeteilt hatte.

Als Hellmdorn sich meldete, stellte Elena sich ihm als ermittelnde Staatsanwältin im Fall des Kieler Bomben-Attentats vor. Sie verlangte, dass er ihr erklärte, warum das BKA nicht mit ihnen zusammenarbeiten wollte. Hellmdorn gab ihr die gleiche Erklärung, die er zuvor schon Fricke gegeben hatte. Dass sie zu spät gekommen seien. So etwas könne geschehen. Aber damit gab sich Elena nicht zufrieden.

»Das interessiert mich nicht. Dann müssen Sie das eben anders regeln. Ich will wissen, ob auf den Bildern der Überwachungskameras irgendetwas ist, das für die Lösung unseres Falles relevant ist. Das Gesicht eines möglichen Attentäters haben wir bereits, und ich will seinen Namen«, verlangte sie.

Hellmdorn ließ sich nicht beeindrucken. Er blieb bei seiner Argumentation, dieser Mann sei ein Fall für das BKA und sie habe sich dort nicht einzumischen. Abschließend verkündete er, dass er nichts weiter dazu zu sagen habe, und beendete das Telefonat.

Elena atmete tief durch. So leicht würde sie sich nicht geschlagen geben.

KAPITEL 15

Oppermann ließ es sich nicht nehmen, auch an diesem Montagvormittag Kaffee aufs Zimmer zu bestellen. Anders als gestern war Fricke bereits wach, geduscht und angezogen, als das Zimmermädchen zwei kleine Tabletts mit den Kaffeekännchen und den Tassen brachte.

»Wie sieht die Planung für den Tag aus?«, fragte Oppermann, trank einen Schluck Kaffee und sah Fricke erwartungsvoll an.

»Zuerst fahren wir zur Kanzlei. Ich will mich mit der Security unterhalten. Ich will wissen, wie es sein kann, dass das BKA so schnell vor Ort war, und warum die die Aufnahmen an sich genommen und auf dem Rechner gelöscht haben. Anschließend besuchen wir mal unser Büro im Polizeipräsidium, lassen uns dort vermutlich dumm anmachen und recherchieren, wer von unseren Verdächtigen bei der Fremdenlegion war oder Verbindungen dahin hatte. Danach geht's zum Staatsanwalt Birnbaum. Da freue ich mich besonders drauf. Abends zu Munsch. Du siehst, unser Tag ist gut gefüllt.«

»Warum freuen Sie sich so auf den Besuch bei Birnbaum? Weil er mal mit der Staatsanwältin zusammen war?«, fragte Oppermann vorsichtig.

Fricke blieb eine Antwort schuldig, trank seinen Kaffee aus, stellte die Tasse etwas zu laut zurück auf das Tablett und grummelte: »Kommen Sie, wir haben viel zu tun.«

Oppermann stand auf und folgte Fricke hinaus auf den Flur. »Kein Frühstück?«, fragte er etwas enttäuscht.

Fricke drehte sich zu ihm: »Doch, ich hatte eigentlich eins eingeplant«, erklärte er missmutig. »Aber während Sie unter der Dusche waren, habe ich Frau Karinoglous angerufen, um vorzuschlagen, dass wir drei uns unten im Frühstücksraum treffen. Die Dame hatte aber längst gespeist und war bereits im Büro. Sie ist immer sehr eifrig bei der Sache. Also gebe ich uns zehn Minuten zum Frühstücken, ich will nicht viel später als sie da sein.«

Auch wenn Fricke zunächst wenig begeistert gewesen war, hier in Kiel einen Fall zu übernehmen, so musste er sich inzwischen eingestehen, letztlich doch ein wenig froh zu sein, wieder mit Elena zusammenarbeiten zu können. Am liebsten wäre er jedoch alleine mit ihr gewesen. Als er mit Oppermann vor dem Hotel in sein Auto stieg, nahm er sich daher vor, ihr heute Abend in ihrem Zimmer einen Besuch abzustatten.

Oppermann, der sich alle für den Fall relevanten Adressen notiert hatte, gab die Straße der Kanzlei ins Navigationsgerät ein und Fricke steuerte den Wagen Richtung Innenstadt.

Die Tiefgarage war noch nicht freigegeben. Zwei rotweiße Barrikaden der Polizei versperrten die Zufahrt.

»Wo keiner reindarf, darf auch keiner raus. Also parken wir einfach genau hier«, entschied Fricke und hielt vor der Einfahrt. Anschließend ging er mit Oppermann im Schlepptau ums Gebäude herum, bis sie durch die gläserne Doppeltür in die Lobby gelangten.

»Ganz schön nobel hier«, Oppermann pfiff anerkennend durch die Zähne.

»Tja, anscheinend kann man eine Menge Geld damit verdienen, genau die Gauner, die wir für unsere paar mickrigen Kröten fangen, wieder freizubekommen. Ich sag Ihnen was, Anwalt kann nur werden, wer Moral und Ethik abzustreifen vermag«, antwortete Fricke und ging an schweren Ledersofas und Eichentischen vorbei zum Empfangstresen.

»Guten Morgen, Kriminalpolizei! Wer hatte am Freitagmorgen hier Dienst?«, fragte er den Mann hinter der Theke, auf dessen Hemd die Aufschrift »Eye-Security« prangte.

Der Mann warf einen kurzen Blick auf Frickes Dienstausweis, den dieser ihm hinhielt. Dann blätterte er in einem kleinen Buch, nannte den Namen des betreffenden Kollegen und bat die beiden Beamten, ihm zu folgen. Er lief ihnen voran einen kleinen Flur entlang, klopfte schließlich an einer Tür mit der Aufschrift »Security« und öffnete sie.

»Chef, die beiden Herren hier sind von der Kripo«, teilte er dem Mann mit, der in dem Raum hinter der Tür an einem Schreibtisch saß.

Fricke straffte bei seinem Anblick automatisch seine Schultern. Hinter dem Hünen dort könnte er sich glatt zweimal verstecken.

»Sie waren doch am Freitag schon hier. Wegen der Überwachungskameras, richtig? Eine Staatsanwältin hat auch angerufen. Wir haben keine Aufnahmen mehr, die habt ihr doch alle gelöscht. Weiß bei euch etwa keiner, was der andere macht?«, knurrte der Muskulöse.

»Bitte entschuldigen Sie, dass wir Sie nochmals damit behelligen müssen. Es geht auch ganz schnell. Ich wüsste nur gerne, wann die Kollegen vom BKA hier waren und die Aufnahmen gelöscht haben«, antwortete Fricke.

Der Sicherheitschef drehte sich wortlos zu seinem Computer um und gab über die Tastatur ein paar Befehle ein. Dann wandte er sich wieder den Kommissaren zu und nannte Fricke die Uhrzeit. Sein Kollege hatte sich zwischenzeitlich verabschiedet und war zu seinem Arbeitsplatz hinter dem Empfangstresen zurückgekehrt.

»Um 12 Uhr?«, wiederholte Fricke. »Um halb neun etwa ging der Bus hoch und um 12 Uhr war also das BKA vor Ort. Wann hat man die Aufnahmen denn abgeholt?«, erkundigte er sich. »Bevor man dann die Aufnahmen für fremde Ermittlungen auch noch zunichtemachte«, fügte er zynisch hinzu.

»Das kann ich Ihnen nicht genau sagen, ich sehe nur, wann am Freitag hier Daten gelöscht wurden. Das war um 11.57 Uhr. Es handelte sich dabei um die Aufnahmen von 7.32 bis 8.25 Uhr.«

»Die Aufnahmen von vor 7.32 Uhr haben Sie aber noch, ja?«, fragte nun Oppermann.

»Natürlich«, antwortete der Sicherheitschef. »Wollen Sie die Bilder sehen?«

Fricke bejahte und positionierte sich so hinter dem Schreibtisch, dass er alle darüber angebrachten Bildschirme gut im Blick hatte. Nach ein paar Tastenkombinationen erschien auf einem der Monitore ein Bild, das zwar den Kleinbus zeigte, aber keine Personen. Rechts unten waren Datum und Uhrzeit eingeblendet. Der Film lief ab 7.21 Uhr in doppelter Geschwindigkeit.

»Hm ... wo ist der Fahrer?«, murmelte Fricke.

Der Sicherheitchef zuckte mit der Schulter und ließ den Film rückwärts laufen, bis eine Frau im Bild erschien.

»Bitte ab jetzt vorwärts«, bat Fricke.

Der Fahrer, der – was zuvor nicht zu erkennen gewesen war – bereits im Bus gesessen hatte, stieg aus dem Fahrzeug, redete kurz mit der Frau und verschwand mit ihr aus dem Bild. Die Frau war in der gesamten Sequenz nur von hinten zu sehen.

»Okay, sie hat ihn vom Bus weggelockt. Bitte noch mal schneller vorspulen.«

»Was wollen Sie da denn sehen? Die haben doch alles gelöscht«, erwiderte der Sicherheitsbeamte, ließ den Film aber trotzdem in doppelter Geschwindigkeit vorlaufen. Als die Aufnahmen bei 7.28 Uhr angekommen waren, fasste Fricke ihn an der Schulter: »Halt. Noch mal zurück. Ganz langsam, bitte.«

Oppermann trat näher und blickte nun ebenfalls gespannt auf den Monitor.

»Stopp, ein ganz klein wenig vor. Nur ein kurzes Stück.«

Der Sicherheitsbeamte tat, worum Fricke ihn gebeten hatte, und hielt das Bild bei 7.28.06 Uhr an.

»Da. In der Windschutzscheibe des Passat neben dem Bus«, sagte Fricke und zeigte auf den Monitor.

Der Sicherheitsbeamte zoomte das Bild genau auf diesen Ausschnitt. In der Frontscheibe des Wagens spiegelte sich ein Gesicht.

»Größer«, befahl Fricke.

Nach wenigen Sekunden füllte die Spiegelung eines männlichen Gesichts den gesamten Monitor.

»Wer ist das? Haben Sie den Mann hier schon einmal gesehen?«, fragte Fricke.

Der Sicherheitsbeamte schüttelte den Kopf: »Nein. Den kenn ich nicht.«

»Können Sie mir das Bild ausdrucken oder auf einen Stick ziehen?«, bat Fricke.

»Das könnte er, wird er aber nicht tun.«

Fricke, Oppermann und der Sicherheitsbeamte drehten sich überrascht um und sahen zwei Männer in der Tür stehen.

»Wer sind Sie?«, fragte der Sicherheitsbeamte, stand auf und baute sich breitschultrig vor den beiden auf.

Die Männer zückten gleichzeitig ihre Dienstausweise. »BKA«, erklärte der eine von ihnen, der eine Glatze trug. »Ich würde mich gerne mit den beiden Kollegen unterhalten. Wäre es möglich, dass Sie uns einen Moment alleine lassen?«

Der Sicherheitschef nickte und verließ wortlos den Raum. Der Glatzkopf schloss nachdrücklich die Tür hinter ihm.

»Soso, die Kollegen vom BKA. Ihr seid ja ganz schön schnell«, bemerkte Fricke. »Und mit wem genau haben wir die Ehre?«

»Mein Name ist Hellmdorn und dies ist mein Kollege

Klinger. Und Ihre werten Namen?«, fragte der glatzköpfige Beamte und lächelte gekünstelt.

Fricke hatte als Buddhist nicht nur gelernt, gelassen zu bleiben, sondern seinen Mitmenschen gegenüber auch geduldig und tolerant zu sein. Jedenfalls glaubte er das von sich selbst. Manchmal jedoch wurden diese Fähigkeiten auf eine harte Probe gestellt. Jetzt, zum Beispiel, wie dieser Meister-Proper-Verschnitt so vor ihm stand und ihn herausfordernd angrinste.

Während Fricke noch damit beschäftigt war, seinen Puls unter Kontrolle zu bringen, schob Klinger sich wortlos an ihm und Oppermann vorbei, setzte sich wie selbstverständlich auf den Bürostuhl des Sicherheitsbeamten und tippte gekonnt auf der Tastatur herum. Noch ehe Fricke fragen konnte, was er da tat, war das Gesicht des Mannes auf dem Monitor verschwunden.

»Was soll das?«, rief Fricke fassungslos. »Haben Sie das jetzt etwa gelöscht?«

»Nur keine Aufregung, Herr …?«, Hellmdorn sah ihn fragend an.

»Fricke. Und das ist mein Partner Oppermann. Wir sind von der Kripo Kiel. Und jetzt will ich wissen, was hier los ist«, herrschte Fricke den BKA-Beamten an.

»Kripo Kiel?« Hellmdorn runzelte die Stirn.

Klinger war inzwischen wieder neben seinen Partner getreten und fixierte Fricke, ohne eine Miene zu verziehen.

»Also? Warum haltet ihr Beweismaterial zurück und behindert unsere Ermittlungen?«, antwortete Fricke.

»Das kann ich Ihnen sagen: Sie wissen nicht, mit wem Sie sich da einlassen, Herr Fricke. Dieser Mann, den Sie da gerade gesehen haben, gehört einem Ring an, der sich darauf spezialisiert hat … sagen wir mal … die Drecksarbeit für andere zu erledigen. Dazu gehört unter anderem auch, Menschen beiseitezuräumen, sofern die Bezahlung stimmt.«

»Wollt ihr mich verarschen? Was soll das heißen, ich weiß nicht, mit wem ich es zu tun habe! Jeder Mörder, den ich überführe, hat jemanden ›beiseitegeräumt‹ – das ist mein Job«, herrschte Fricke ihn an.

»Wir wollen diesen Ring komplett auffliegen lassen. Seit fast einem Jahr beschatten wir die Mitglieder, und endlich haben wir, was wir brauchen. Wenn Sie uns jetzt dazwischenfunken, ist unsere ganze Arbeit dahin.«

»Ihr habt den Typen beschattet? Und wie kann es da sein, dass er in aller Seelenruhe einen Bus hochjagt?« Fricke kochte innerlich.

»Wir hatten ihn verloren. Sie können sicher sein, dass wir alle verfügbaren Leute auf ihn angesetzt haben. Aber wir müssen äußerst sensibel vorgehen, damit nicht gleich der ganze Ring alarmiert ist.«

»Und wie sollen wir Ihrer Meinung nach unter diesen Bedingungen unseren Fall lösen?«, fragte Oppermann immer noch höflich, wenn auch mit einem latent aggressiven Unterton in der Stimme.

»Findet den Auftraggeber. Dann habt ihr euren Fall gelöst. Ganz einfach«, erklärte Klinger kryptisch, bevor er zusammen mit seinem Kollegen den Raum verließ.

Fricke und Oppermann sahen sich verständnislos an.

»Was war das denn? Haben Sie so etwas schon einmal erlebt?«, fand Oppermann als Erster seine Sprache wieder.

»Wenn wir die Fratze nur vorher ausgedruckt hätten«, presste Fricke hervor und trat gegen den Bürostuhl. »Jetzt ist sie futsch!«

Oppermann lächelte.

»Haben Sie getrunken, Oppermann? Warum grinsen Sie so dämlich?«, schnauzte Fricke ihn an.

»Hey, Kollege. Immer schön geschmeidig bleiben. Sehen Sie mal«, triumphierend hielt er Fricke sein Smartphone hin.

»Oppermann, Sie Fuchs! Sie haben den Monitor fotografiert? Genial. Absolut genial. Ab damit ins Präsidium. Wir müssen das Bild umgehend ausdrucken und mit der Kartei abgleichen«, bestimmte Fricke eifrig und klopfte seinem Partner anerkennend auf die Schulter.

»Die Qualität des Fotos ist natürlich nicht überragend«, schränkte Oppermann ein. »Aber mal sehen, ob das genügt.«

KAPITEL 16

Montag, Kieler Innenstadt, kurz vor dem Polizeipräsidium, 13 Uhr

»War das Ihr Magen?«, fragte Fricke, während er den Dienstwagen durch den Mittagsverkehr der Kieler Innenstadt lenkte.

Oppermann nickte nur und erinnerte seinen Kollegen daran, dass sie immer noch nicht gefrühstückt hatten. Fricke, der angesichts des Handyfotos bester Laune und seinem neuen Partner gegenüber mehr als gnädig gestimmt war, hielt bereitwillig am nächsten Restaurant an, das ihren Weg kreuzte. Es war wieder eine Pizzeria, aber Oppermann war es egal. Hauptsache, er bekam endlich etwas zwischen die Rippen.

Fricke bestellte sich eine Lasagne und ein Pils, Oppermann wählte seine obligatorischen Spaghetti in Gorgonzolasoße und dazu eine Cola light. Auch während des gesamten Essens blieben das BKA und die unglaubliche Tatsache, dass die Kollegen derart dreist ihre Ermittlungen behinderten, Gesprächsthema Nummer eins zwischen den beiden. Als Oppermann anschließend sein Portemonnaie zücken wollte, winkte Fricke großzügig ab – er würde das Essen als Spesen abrechnen.

Gegen 13 Uhr kamen sie schließlich gut gesättigt am Polizeipräsidium an. Der Polizeiparkplatz war bereits voll besetzt und Fricke hatte keine Zeit, nach einer geeigneten Parklücke in der Nähe zu suchen. Er stellte seinen Wagen kurzerhand im Halteverbot ab und positionierte sein mobiles Blaulicht gut sichtbar auf dem Armaturenbrett. Das würde ihm ein Knöllchen hoffentlich ersparen.

»Wollen Sie hier wirklich so stehen bleiben?«, fragte Oppermann.

Fricke hielt sich nicht lange mit einer Antwort auf, sondern eilte Oppermann voran ins Gebäude. Am Tresen im Erdgeschoss kam ihnen ein uniformierter Beamter entgegen, der sie freundlich begrüßte und fragte, wie er ihnen helfen könne.

»Fricke. Kripo Eckernförde. Genauer gesagt Kripo Kiel, abgeordnet nach Eckernförde. Man hat mir und meinem Kollegen Oppermann ein Büro hier bei der Mordkommission zugewiesen. Mein altes ist wohl vergeben.« Man konnte Frickes Stimme anhören, dass ihm das nicht wirklich passte.

»Ach, guck an. Ja, man hat uns bereits informiert. Wir sollen die Superpolizisten in die dritte Etage, Zimmer 321, schicken«, erklärte der Uniformierte.

Fricke hatte ja bereits damit gerechnet, dass man ihnen hier nicht wohlgesonnen sein würde. Er verbiss sich einen Kommentar, bedankte sich für die Auskunft und lief neben Oppermann her die Stufen bis zur dritten Etage hoch. Dort im Flur angekommen, grinste ihnen aus jeder zweiten Bürotür ein Beamter entgegen. Ohne ein Wort, nur nickend die Kollegen grüßend, liefen die beiden durch das feixende Spalier bis zum Raum 321.

Als er langsam die Klinke zu ihrem Büro herunterdrückte, bereitete Fricke sich innerlich darauf vor, hinter der Tür von irgendeinem dummen Scherz der Kollegen empfangen zu werden. Er selbst hätte an ihrer Stelle wahrscheinlich den Bürostuhl gegen eine Kloschüssel ausgetauscht. Zu seiner Überraschung standen in dem geräumigen Zimmer aber lediglich zwei Schreibtische mit je einem Computer, einem Drucker und einem Telefon. Ansonsten war der Raum leer und wirkte völlig harmlos.

»Sieht besser aus, als ich dachte«, lächelte er.

Oppermann fand die Einrichtung zwar recht lieblos, musste aber ebenfalls anerkennen, dass alles vorhanden war, was sie brauchten.

»Okay«, sagte Fricke und fuhr bereits einen der Computer hoch. »Wie bekommen wir jetzt das Bild auf den Rechner?«

»Ich mach mich mal auf die Suche nach einem USB-Kabel«, entgegnete Oppermann und war schon aus dem Büro verschwunden.

Fricke setzte sich und wartete, bis das Betriebssystem hochgefahren war. Anschließend rief er die Datenbank des LKA auf und gab die Namen ein, die er sich in seinem kleinen Notizblock notiert hatte. Birnbaum, Munsch, Bartelsen, Lohmann, Schönborn. Nirgends gab es einen Eintrag. Fricke lehnte sich zurück und grübelte über Birnbaum nach. Mit ihm hatte Elena eine Beziehung gehabt.

Noch bevor er seinen Gedanken weiterführen konnte, öffnete sich die Tür und Oppermann kehrte zurück. In der Hand hatte er ein USB-Kabel, das er triumphierend in die Höhe hielt: »Wie praktisch, ein Allerweltshandy zu haben«, schmunzelte er und trat zu Fricke an den Schreibtisch. Nachdem er Smartphone und Computer mittels Kabel erfolgreich verbunden hatte, klickte er ein paarmal mit der Maus und auf dem Bildschirm erschien das Gesicht des Mannes aus der Tiefgarage.

»Sehr gut, Oppermann«, lobte Fricke. »Ich schlage vor, Sie gehen mit dem Bild mal durch die Abteilungen hier. Vielleicht kennt den Mann ja jemand. Danach fahren Sie nach Düsternbrook und machen dasselbe Spielchen dort in der Nachbarschaft, insbesondere bei Schönborn und Bartelsen. Sie können dafür meinen BMW benutzen, ich nehme mir ein Taxi und fahre zur Staatsanwaltschaft. Mal sehen, was Frau Karinoglous inzwischen herausgefunden hat. Wenn Birnbaum da ist, knöpf ich mir den Vogel auch gleich vor«, erklärte er und wartete auf die beiden Ausdrucke des Handyfotos, von denen er einen zusammenfaltete und in seine Sakkotasche steckte. Anschließend legte er Oppermann die Autoschlüssel des Dienstwagens auf den Tisch, verabschiedete sich und wollte gerade das Büro verlassen, als Oppermann ihn zurückrief.

»Ich würde gerne mitkommen, wenn es recht ist, und mache die Befragungen später.«

Fricke biss die Zähne aufeinander. Das hatte er befürchtet. Einerseits konnte er seinen Kollegen verstehen, er war genauso in diesen Fall verbissen wie er selbst. Andererseits hatte er gehofft, Elena endlich einmal allein zu erwischen. Er seufzte und versuchte, sich seinen Unmut nicht anmerken zu lassen. »Also gut … fahren wir.«

KAPITEL 17

Montag, Staatsanwaltschaft Kiel, 15 Uhr

Fricke und Oppermann hatten sich, wie von Elena vorgeschlagen, um 15 Uhr in der Staatsanwaltschaft eingefun-
den und saßen ihr nun endlich in ihrem Büro gegenüber.
Gerade ging die Tür auf und eine rundliche Sekretärin
brachte auf einem Tablett eine Thermoskanne Kaffee
und drei Tassen.

»Vielen Dank, Frau Maibaum«, sagte die Staatsanwältin und nahm das Tablett lächelnd entgegen.

Fricke bewunderte sie für ihre Freundlichkeit. Elena
machte keinen Unterschied zwischen Sekretärin oder
Richter, sie behandelte jeden auf die gleiche Weise
freundlich und respektvoll. Jeden, außer ihn vielleicht,
musste er sich eingestehen. Aber daran war er vermutlich selbst schuld. Im Prinzip war er genauso wie sie.
Auch er behandelte alle gleich. Allerdings eher gleich
unfreundlich. Er würde in Zukunft versuchen, etwas
netter zu sein.

Elena schenkte die Tassen voll. Als sie Fricke seine
hinstellte, sah sie kurz zu ihm auf. Er hatte wieder diesen verschlossenen, fast griesgrämigen Gesichtsausdruck.
Seit zwei Tagen arbeiteten sie nun wieder zusammen und
er war ihr die meiste Zeit äußerst schroff gegenüberge-
treten. Jetzt hatte sie genug von seinen Spielchen. Ob er

wollte oder nicht, und egal, was auch immer zwischen ihnen gewesen war, er war hier in seiner Funktion als Ermittlungsbeamter und als dieser hatte er seinen Job zu tun, auch am Wochenende, und ja, auch mit ihr. Heute würde sie keine Frechheiten durchgehen lassen.

Oppermann lehnte sich in seinem Stuhl zurück und beobachtete amüsiert den stummen Schlagabtausch zwischen seinem Kollegen und der hübschen Staatsanwältin. Auch wenn sie kein Wort sagten, war es überdeutlich zu spüren: Es brodelte gewaltig zwischen den beiden. Er hatte nur keine Ahnung, warum. Aber das würde er sicher früher oder später noch erfahren – und bis dahin würde er das Schauspiel, das sich ihm bot, einfach als willkommene Abwechslung hinnehmen.

Die Tür öffnete sich erneut und ein Flipchart schob sich hindurch, hinter dem Frau Maibaums Kopf hervorlugte. »Ich habe es geschafft«, erklärte sie triumphierend, »ich habe für Sie ein Flipchart beim Oberstaatsanwalt … ›ausgeliehen‹.« Sie zwinkerte Elena verschwörerisch zu und verschwand dann wieder aus dem Büro.

»Sie sind ein Schatz!«, rief Elena ihr noch hinterher und wandte sich dann dem überdimensionalen Notizblock zu.

»Ich möchte gerne, dass wir uns hier einen Überblick über die Verdächtigen verschaffen.« Sie nahm einen Edding und malte drei Bubbles oben auf das weiße Blatt Papier. »Aus meiner Sicht haben wir drei Kreise von Verdächtigen. Der erste besteht aus den Beteiligten bereits behandelter Fälle von Bartelsen & Partner.« »Mandanten der Kanzlei«, schrieb sie in die erste Bubble. Darunter »Emilio Bertoldi, Zwangsprostitution, Geldwäscherei«

und – nach einem Gedankenstrich – »Mafia« mit einem großen Fragezeichen.

»Der zweite Kreis scheint mir aus Personen zu bestehen, die der Kanzlei selbst angehören.« Unter die zweite Bubble mit »Angehörige der Kanzlei« schrieb sie: »Karsten Schönborn«, und daneben die Bemerkung: »krank«.

»Der scheidet für mich aus dem Kreis der Verdächtigen aus«, grummelte Fricke, »wir waren dort, und der war echt krank.«

»Ach, Arzt sind Sie jetzt also auch schon?«, entgegnete Elena spitz.

»Dafür muss ich kein Arzt sein. Der Typ sah aus, als würde er uns gleich vor die Füße kotzen«, erklärte Fricke ungerührt und zog eine Lucky Strike aus seiner Hemdtasche.

»Die lassen Sie hier drin schön aus«, bestimmte Elena, worauf er sie sich hinters Ohr klemmte.

Er ärgerte sich über ihren Ton. Er hatte gar nicht vorgehabt, sich die Lucky anzuzünden, und sie hätte ihn ruhig etwas freundlicher auf das Rauchverbot hinweisen können. Aber er war ihren patzigen Tonfall ja inzwischen gewöhnt. Trotzdem passte er ihm nicht.

»Da muss ich Herrn Fricke beipflichten«, schaltete sich Oppermann ins Gespräch ein, wie um zu schlichten, »der sah wirklich krank aus.«

Elena ignorierte seinen Einwand und schrieb den nächsten Namen auf die Tafel. »Nadine Ellermann – Verhältnis mit Markus Lohmann«.

»Aha, das reicht also schon, um verdächtig zu sein?«, fragte nun Fricke spitz.

»Barbara Bartelsen hat sie als Verdächtige genannt. Wir sollten dem nachgehen«, erwiderte Elena.

»Können Sie gerne machen. Ich für meinen Teil kümmere mich lieber um die wirklichen Verdächtigen«, brummte Fricke.

»Sebastian Birnbaum«, schrieb Elena weiter. Sie drehte sich zu Fricke und Oppermann um. »Ich kann das zwar persönlich ausschließen, aber der Form halber möchte ich seinen Namen hier stehen haben.«

Fricke lachte bitter auf. »›Persönlich ausschließen‹, ›der Form halber‹. Was soll das schon wieder heißen?«

»Sebastian Birnbaum wird sowohl von Susanne Winter als auch von Barbara Bartelsen verdächtigt, weil ihm eine Stelle in der Kanzlei verwehrt wurde. Das ist kein direktes Motiv, aber ich möchte es nicht unerwähnt lassen.«

»Und ob das ein Motiv ist!«, entgegnete Fricke. »Und von zwei Personen verdächtigt zu werden, ist sehr aussagekräftig. Schönborn hat im Übrigen dasselbe gesagt – also wird Birnbaum bereits von drei Personen verdächtigt.«

»Mag sein, aber Susanne Winter hat ihn mir quasi auf dem Silbertablett serviert, und irgendwie traue ich der Sache nicht. Ist so ein Bauchgefühl.«

»Bauchgefühl?«, wiederholte Fricke spöttisch und ignorierte geflissentlich Elenas pikierten Gesichtsausdruck. Das durfte ja wohl nicht wahr sein. Wollte sie sich lächerlich machen? »Ein Bauchgefühl!« Er schnaubte.

Elena versuchte sich zu erklären. »Bauchgefühl, Intuition, Ermittlerinstinkt – nennen Sie es, wie Sie wollen, ich finde diese Susanne Winter jedenfalls seltsam. Sie hat sich der Situation nicht angemessen verhalten. Sie fanden sie doch auch seltsam bei unserem Besuch bei ihr, oder? Und dann diese merkwürdige Damenclique.«

»Ach, bitte, das nennt man Freundschaft. Aber so was kennen Sie eben nicht.«

Das hatte gesessen. Eine peinliche Stille entstand. Ein Blick ins Gesicht der Staatsanwältin genügte, und es war klar, dass eine weitere Explosion in Kiel kurz bevorstand. Oppermann fühlte sich verpflichtet, die Situation zu entschärfen und die Diskussion auf eine sachliche Ebene zurückzuführen.

»Und die dritte Gruppe Verdächtiger?«, fragte er vorsichtig.

Elena musste sich schwer zusammennehmen, um Fricke für seine Unverschämtheit nicht eine zu verpassen. Wie konnte er sie vor seinem neuen Kollegen nur derart vorführen? Aber Oppermann hatte recht, sie sollten zurück zur Sache kommen. Sie atmete tief durch, bevor sie antwortete.

»Die möchte ich als Fragezeichen stehen lassen, um uns klarzumachen, dass wir erst ganz am Anfang der Ermittlungen stehen und noch viele Wege offen haben.«

Oppermann nickte. Etwas Ähnliches hatte er auch in der Ausbildung gelernt. Es war wichtig, im Kopf offen zu bleiben und in alle Richtungen zu denken – dabei konnten visuelle Tricks wie dieser helfen. Ein Seitenblick auf Kommissar Fricke zeigte ihm allerdings, dass dieser ganz anderer Meinung war. Offensichtlich hatte er sich aber dazu entschieden, nicht weiter auf Konfrontationskurs zu gehen.

»Was gibt es sonst noch Wichtiges?«, fragte Elena nun in die Runde.

Oppermann fasste kurz zusammen, was sie beim LKA in Erfahrung gebracht hatten. »Zu beachten ist auch die hochkomplexe Bauweise der Bombe, die bei diesem Anschlag verwendet wurde. Sie findet unter anderem wohl Verwendung in der Fremdenlegion.«

»Das ist interessant«, überlegte Elena laut. »Versuchen Sie herauszukriegen, wer aus dem Kreise der Verdächtigen Kontakte zur Fremdenlegion hat oder hatte. Wäre es möglich, eine Liste aller Ex-Fremdenlegionäre zu bekommen, die hier in Kiel leben?«

»Das wird schwierig werden«, kommentierte Fricke, »die sind mit Informationen allgemein nicht so großzügig. Ehemalige Angehörige der Einheit löschen ihre Existenzen in der Regel und bauen sie neu auf.«

»Klemmen Sie sich trotzdem dahinter. Ein guter Ermittler wie Sie wird vielleicht was herauskriegen können.«

Fricke verschränkte demonstrativ die Arme und lehnte sich wenig begeistert zurück.

»Weitere Verdächtige?«, fragte Elena.

Er schüttelte den Kopf. Er wollte das Foto mit dem Mann aus der Tiefgarage erst einmal für sich behalten. Darum würde er sich selbst kümmern. Sollte sie sich ruhig verrennen, er würde seine Ermittlungen auf seine Weise weiterführen. Elena würde sonst vermutlich versuchen, ihn zu überreden, den Anweisungen des BKA Folge zu leisten. Das wollte er auf gar keinen Fall, und vor allem wollte er sich jegliche Diskussion mit ihr darüber ersparen. Zumal er nicht mal wusste, ob die Qualität des Fotos für eine Identifizierung genügen würde.

»Ich schlage vor, dass Sie sich Bertoldi und Nadine Ellermann vornehmen«, sagte er. »Wir fahren zu Birnbaum und zu Dieter Munsch.«

Die Staatsanwältin nickte bereitwillig und Fricke ärgerte sich über sich selbst. Statt freundlich zu sein, wie er es eigentlich vorgehabt hatte, war er genau das Gegenteil gewesen. Aber die Sache mit diesem Sebastian hatte ihn einfach auf die Palme gebracht. Dass sie sich so leicht blenden ließ, passte kein bisschen zu seiner sonst so toughen Elena. Hatte sie etwa noch Gefühle für diesen Birnbaum? Anders konnte er sich ihre lächerliche Argumentation nicht erklären. Er hatte ihr nur einfach den Kopf etwas zurechtrücken wollen und war dabei wohl etwas über das Ziel hinausgeschossen.

»Gehen Sie schon mal vor«, sagte er kurzentschlossen zu Oppermann, »ich komme gleich nach.«

Sein Partner nickte. Er verabschiedete sich höflich von Elena und verließ dann den Raum.

Ob die Bombe jetzt wohl hochgehen würde, fragte er sich, während er langsam den Gang Richtung Treppenhaus entlangschlenderte.

»Elena, ich wollte dich nicht verletzen«, versuchte Fricke sich drinnen derweil an einer Entschuldigung.

»Nein, nur komplett lächerlich machen«, entgegnete sie frostig.

»So war es nicht gemeint.«

»Aber so kam es an.«

Er atmete tief ein. »Elena, können wir nicht heute Abend zusammen essen gehen und mal in Ruhe über alles sprechen?«

Sie wollte nicht, dass er an ihrem Gesicht ablesen konnte, wie tief verletzt sie war, und wandte sich ab. »Nein, Sven«, presste sie hervor.

Er sah betreten zu Boden. Das hatte er wohl vermasselt. Schweigend stand er auf und verließ ihr Büro. Als er leise die Tür hinter sich zuzog, stand sie immer noch mit dem Gesicht zum Schrank.

Keine Detonation, stellte Oppermann verwundert fest, als er Fricke über den Flur auf sich zukommen sah.

KAPITEL 18

Montag, Atlantic Hotel Kiel, 20 Uhr

Fricke stand bereits zehn Minuten vor dem Hotel Atlantic, das er mittlerweile zu schätzen gelernt hatte. Sein Zimmer bot einen herrlichen Blick auf die Kieler Förde. Nachts ließ er das Fenster offen und nahm den sanften Salzgeruch des Wassers wahr. Er fand das fantastisch. Und gestern Abend hatte er von der Panoramabar aus mit einem Glas Whisky in der Hand auf das nächtliche Meer hinausgeschaut. Fast wie Urlaub, hatte er sich gedacht.

Jetzt aber konnte er den Blick auf die Förde plötzlich nicht mehr genießen. Seine beruhigende Wirkung auf ihn war verflogen. Er hatte schon die zweite Zigarette geraucht und war mit seinen Grübeleien noch immer zu keinem Ergebnis gekommen. Dabei war es nicht nur dieser verflixte Fall, der ihn beschäftigte.

Elena war wie Dr. Jekyll und Mr. Hyde. Mal begegnete sie ihm warm und zugänglich, ließ sich sogar auf einen Flirt mit ihm ein, und dann wieder war sie eiskalt und abweisend, so wie heute Nachmittag. Gestern Abend noch, bei der Vernehmung von Susanne Winter, hatte er geglaubt, dass sie beide auf einem guten Weg waren und sich einander wieder annähern könnten. Doch heute Nachmittag war sie wieder dieser Eisklotz gewesen.

Er war unschlüssig. Sollte er ihr Nein zu seiner Einladung einfach akzeptieren? Oder sollte er es wagen und an ihre Tür klopfen? Vielleicht ließ sie die knallharte Staatsanwältin ja nur im Dienst raushängen, und sobald er eine Möglichkeit hätte, sie im Privaten zu treffen, würde sie sich wieder in das schnurrende Kätzchen verwandeln, das sie in seiner Gegenwart schon einmal gewesen war – damals, an jenem Abend bei ihr zu Hause?

Er gab sich einen Ruck. Wenn er jetzt nicht zu ihr ging, würde er es wohl nie erfahren. Und was hatte er schon zu verlieren?

Er wollte gerade seine Zigarette ausdrücken, als er innehielt. Soeben öffnete sich die Schiebetür zur Lobby und heraus kam – Elena, gefolgt von einem Mann. Keiner von den beiden nahm ihn wahr.

Fricke musterte den aalglatten Anzugträger aus zusammengekniffenen Augen. Wenn das mal nicht dieser Sebastian Birnbaum war. Seine Hand lag auf ihrem Rücken, dicht über ihrem Po. Sie lachte, und es gab ihm einen Stich. Der Schlipsträger hielt ihr galant die Seitentür eines bereitstehenden Mercedes auf, Elena stieg ein und er schloss hinter ihr die Wagentür. Fast glaubte Fricke, ein triumphierendes Grinsen auf dem Gesicht des Lackaffen gesehen zu haben.

Mit aufeinandergepressten Kiefern zertrat er seine Kippe auf dem Asphalt und steckte sich mit einem tiefen Zug die nächste an. Er versenkte sich in den Blick auf die Förde, der ihn allmählich doch zu beruhigen begann. Jetzt musste er wenigstens nicht mehr grübeln, ob er zu ihr gehen sollte. Elena hatte ihm die Entscheidung abgenommen.

KAPITEL 19

Montag, Kiel, Innenstadt, 20 Uhr

»Buonasera signora – und der Herr Birnbaum ist auch mal wieder da. Buonasera!«, wurden sie lautstark von ihrem ehemaligen Stammitaliener begrüßt. Elena sah sich um. Sie war lange nicht mehr hier gewesen, aber früher hatten sie fast jeden Abend in diesem Lokal verbracht. Es war gemütlich hier. Eine der Wände war mit Backsteinen gemauert, was das rustikale Ambiente unterstrich. Die weißen Decken auf den groben Holztischen sorgten gemeinsam mit den ebenfalls weißen, schlanken Kerzen für einen Hauch romantische Eleganz.

Sie setzten sich an ihren Stammtisch von damals, den Sebastian offenbar hatte reservieren lassen. Wie aufmerksam von ihm. Er bemühte sich wirklich um sie.

Als der Kellner kam, orderte Sebastian eine Flasche sündteuren Rotweins sowie für sie beide als Vorspeise ein Vitello Tonnato und als Hauptspeise Saltimbocca.

Elena lehnte sich in ihrem Stuhl zurück. Ja, das hatte sie früher immer gern gegessen. Aber hatte er damals auch schon für sie bestellt? Heute verspürte sie überhaupt keine Lust auf Fleisch und hätte viel lieber einen Salat und Scampis gewählt. Oder halt, sie musste grinsen, eigentlich hätte sie doch sehr gerne Fleisch gegessen. Eine Currywurst mit Sven nämlich. Aber daraus würde wohl nichts werden. Selber schuld! Was musste sie heute Nachmittag auch so stur sein und seine Einladung ablehnen? Irgendwie hatte sie gehofft, er würde sich noch mal bei ihr melden. Er ließ sich doch sonst nicht so leicht abwimmeln! Zumindest hatte es eine Zeit gegeben, da hatte er nicht gleich beim geringsten Widerstand aufgegeben. Sie hatte gewartet und immer wieder auf ihr Handy geschielt. Aber nichts war gekommen – kein Anruf, keine Nachricht. Bis Sebastian bei ihr erschienen war und sie trotz ihres Protests einfach mit sich gezogen hatte. So viel Einsatz hätte sie sich von Sven auch gewünscht. Aber anscheinend steckte der seine Energie inzwischen lieber in Blondinen mit viel zu kurzen Röcken.

»Elena, was sagst du dazu?«

Oh, sie hatte gar nicht gehört, dass er etwas gesagt hatte. Sie sah Sebastian fragend an.

»Ob du einen Prosecco als Aperitif magst.«

Sie schüttelte den Kopf. »Nein, danke.«

»Oder einen Aperol Sprizz oder einen Hugo oder …?«

»Nein, danke, keinen Aperitif.«

Sebastian nickte dem Kellner zu, der daraufhin verschwand.

»Was ist denn los mit dir? Erst muss ich dich förmlich dazu zwingen, mit mir essen zu gehen, und jetzt nimmst du nicht einmal einen Aperitif? So kenn ich dich ja gar nicht.« Er zwinkerte ihr über den Tisch hinweg zu.

»Sebastian, es geht mir nicht so gut. Ich beginne jetzt erst zu begreifen, was geschehen ist. Dass Martin Bartelsen tot ist und Markus im Koma liegt.«

»Aber Lenchen, das ist doch eigentlich ganz nach deinem Geschmack. Du hast doch immer schon das Abenteuer gesucht, oder nicht?«

Elena sah ihn entgeistert an. War das eben ein schlechter Scherz gewesen? Sie erklärte ihm gerade, dass sie um einen Bekannten trauerte und um das Leben ihres gemeinsamen Freundes bangte. Und er ging mit einer völlig geschmacklosen Bemerkung einfach darüber hinweg? Offenbar interessierte er sich nicht im Geringsten dafür, was sie fühlte. Ebenso schien er sich inzwischen kaum noch Sorgen um Markus zu machen. Und genauso war es früher schon gewesen. Er war immer schon oberflächlich und leichtlebig gewesen, wichtig war ihm nur sein eigener Spaß. Und deswegen hatte sie ihn irgendwann nicht mehr gewollt, weil ihr das nicht gereicht hatte. Genau so war es gewesen. Plötzlich wollte sie nur noch eins: zurück ins Hotel und sich in ihr Bett verkriechen.

Sie stand auf. »Sebastian, ich merke gerade, dass ich jetzt etwas Zeit für mich brauche. Es tut mir wirklich leid, ich hole mir jetzt ein Taxi und fahre zurück ins Hotel.« Sie hauchte ihm einen Kuss auf beide Wangen. »Sorry«, sagte sie und verließ eilig das Lokal. Sebastian starrte ihr sprachlos hinterher.

Auf dem Rückweg dachte sie nur an eines: dass sie Sven vorhin an der Hoteltür gesehen hatte.

Und er sie.

KAPITEL 20

Dienstag, Landgericht Kiel, 10 Uhr

Fricke hatte diesmal ausnahmsweise an Elenas Bürotür geklopft, was sonst gar nicht seine Art war. Aber im Moment war Vorsicht angesagt. Nicht, dass er sie da drin mit ihrem Schlipsträger überraschte. Bei diesem Gedanken riss er die Tür doch noch auf, ohne auf ihr »Herein« zu warten – aber sie war gar nicht da. Er wollte gerade den Rückzug antreten, als Frau Maibaum den Flur entlangeilte und ihm im Vorbeigehen zurief: »Die Frau Staatsanwältin kommt jede Minute, wir haben gerade gemeinsam das Sitzungszimmer verlassen. Sie musste kurzfristig bei einem kleinen Gerichtstermin aushelfen. Sie können schon reingehen und warten.«

Fricke nickte und betrat Elenas Büro. Ihr Geruch hing in der Luft. Unwillkürlich sog er ihn ein. Warum, verdammt noch mal, klappte es einfach nicht zwischen ihnen beiden? Er war zu unruhig, um sich hinzusetzen, und lehnte sich an die Wand.

Als sie hereinkam, bemerkte sie ihn zunächst gar nicht. Die schwarze Robe fiel bis zu ihren Knöcheln und gab darunter nur den Blick auf dunkelblaue, hochhackige Schuhe frei. Typisch Elena! Andere trugen Birkenstock unter der Robe, seine Elena Stöckelschuhe. Sie hatte ihn in ihrem Rücken immer noch nicht gesehen, ging quer durchs Zimmer zu ihrem hohen Schrank und knöpfte sich dort ihre Robe auf.

Fricke hielt den Atem an. Eigentlich sollte er sich jetzt bemerkbar machen, aber dazu genoss er ihren Anblick viel zu sehr.

Elena schlüpfte aus der Robe. Darunter trug sie nur ein eng anliegendes weißes Unterkleid mit Spitze. Im Sommer war es zu heiß für andere Kleidung unter der Robe. Sie seufzte auf und lehnte sich kurz mit der Stirn gegen die Schranktür.

Dachte sie jetzt gerade an das Arschgesicht?

Eigentlich hatte er dezenter sein wollen, aber der Gedanke an den Birnenschnösel hatte seinen Puls nach oben getrieben und mit seiner Feinfühligkeit war es vorbei. »Sehr hübsch«, stellte er mit einem anerkennenden Pfiff durch die Zähne fest.

Sie zuckte zusammen und drehte sich abrupt um. »Sven! Bist du wahnsinnig?«, sie legte ihre Hand an die Brust und ihre Augen funkelten angriffslustig. »Du hast mich zu Tode erschreckt!«

»Entschuldige, das wollte ich nicht«, Fricke hob abwehrend die Hände, »ich habe nur deinen Anblick genossen.«

Elena schüttelte den Kopf. Der Schreck saß ihr immer noch in den Gliedern. Eigentlich müsste sie jetzt sauer auf ihn sein. Ihm sagen, dass er sich gefälligst seine Kellnerinnen-Flittchen beim Ausziehen ansehen sollte, aber nicht sie. Sie tat es aber nicht. Etwas in seiner Mimik bremste ihren Zorn. Er sah verletzlich aus. Gar nicht so wie der verwegene Hau-drauf-Typ, als den er sich sonst immer ausgab. Und da er ihr in der Vergangenheit schon mal in die Badewanne geholfen hatte, musste sie jetzt auch kein großes Drama draus machen, dass er sie so leicht bekleidet sah. Immerhin war sie nicht nackt.

Sie drehte sich wieder um, nahm das weiße Etuikleid aus dem Schrank und zog es schnell über. Sie spürte seine Blicke in ihrem Rücken, aber es war ihr nicht unangenehm. Überhaupt nicht.

Schließlich bot sie ihm einen Platz auf dem Besucherstuhl an und setzte sich ihm gegenüber hinter den Schreibtisch. Erwartungsvoll sah sie ihn an. »Was gibt es?«

»Ich muss dir etwas sagen, aber es wird dir nicht gefallen«, erklärte er.

Sie stellte fest, dass er sie duzte. Das tat er nur dann, wenn er wütend war oder sie sich gerade sehr nahe kamen. Im Moment war es wahrscheinlicher eher Ersteres.

»Soso«, murmelte Elena, »etwas, das mir nicht gefallen wird.«

Dass er eine feste Beziehung mit Kellnerin Pobacke oder sonst einem Flittchen eingehen würde?

»Ich werde gegen deinen Staatsanwalt ermitteln.«

»Was?«, Elena musste ihre Überraschung nicht spielen. »*Meinen* Staatsanwalt?«, fragte sie verständnislos.

»Du weißt ganz genau, von wem ich spreche. Sebastian Birnbaum.« Er sah sie eindringlich an.

Elena zog die Augenbrauen nach oben. »Und weshalb genau ermittelst du gegen ihn? Wegen Flirtens mit mir?« Um ihre Mundwinkel lag ein spöttischer Zug.

»Nein«, entgegnete Fricke, ohne eine Miene zu verziehen. »Ich ermittle gegen deinen Typen, weil er einen Hass auf Lohmann hat. Der hat ihm den Weg in die Kanzlei

Bartelsen verstellt, wo er unbedingt hinwollte. Und die anderen Partner haben offensichtlich auch nicht für ihn gestimmt – das genügt als Mordmotiv.«

»Sven, da verrennst du dich in etwas. Sebastian mag ja so einiges sein, aber ganz bestimmt kein Verbrecher und schon gar kein Mörder.«

»Glaub von mir aus, was du willst, aber dein feiner *Sebastian* hat öffentlich gedroht, die Kanzlei nicht ungeschoren davonkommen zu lassen. Das haben mir die Kollegen von der Kripo erzählt.«

»Ach, Sven. Es mag ja sein, dass Sebastian bisweilen etwas impulsiv ist und in seinem Ärger Dinge sagt, die er nicht so meint. Aber deshalb sprengt er doch keine unschuldigen Menschen in die Luft!«

»Wenn ein Ehrgeizling wie er aber das Gefühl hat, seine berufliche Karriere stehe auf dem Spiel?«

»Das ist doch komplett absurd, wirklich. Sebastian ist kein verbissener Ehrgeizling. Im Gegenteil, er nimmt das Leben eher ein bisschen zu leicht.«

»Ich bleibe dabei, das Motiv ist sehr plausibel.«

Elena schwieg. Sie hatte Sebastian ja insgeheim auch schon unter Verdacht gestellt. Trotzdem war es schwer für sie zu ertragen, dass Fricke so von ihm sprach.

»Und wer weiß, inwieweit du in all dem auch mit drinsteckst. Eifersucht ist ebenfalls ein verdammt starkes Motiv. Alle haben um dich gebuhlt, wenn ich das richtig verstehe. Vielleicht bist du ein Auslöser. Oder weißt mehr jedenfalls.«

Was hatte er da gerade gesagt? War das sein Ernst, dass er ihr so etwas zutraute? Sie wusste nicht, ob sie wütend oder eher enttäuscht sein sollte. Wollte er sie nur provozieren?

Sie erhob sich. »Sven, jetzt ist Schluss. Du hast dich da komplett in etwas verrannt. Wie mir scheint, aus persönlichen Gründen. Deine Verdächtigungen sind vollkommen fadenscheinig. Du hörst sofort auf, in diese Richtung zu ermitteln.«

»Du wirst mir ganz bestimmt nicht vorschreiben, in welche Richtung ich ermittle und in welche nicht. So weit kommt es noch!«

»Oh doch, Sven, das werde ich. Denn jetzt bist du eindeutig zu weit gegangen! Rechtlich betrachtet, hat die Staatsanwaltschaft die Hoheit über das Ermittlungsverfahren – und damit ich! Ihr Polizisten seid die sogenannten ›Ermittlungspersonen der Staatsanwaltschaft‹. Früher nannte man sie sogar ›Hilfsbeamte‹, und das finde ich weitaus treffender.«

Frickes Kiefer mahlten, er kochte vor Wut. Aber er würde sich bestimmt nicht die Blöße geben und ihr zeigen, wie sehr sie ihn mit ihren Worten auf die Palme brachte. Buddha war heute treu an seiner Seite.

»Frau Staatsanwältin Karinoglous«, entgegnete er daher mit einem überlegenen Lächeln. »Ich habe genug Verdachtsmomente. Und ich werde das ganz sicher nicht auf sich beruhen lassen, nur weil Sie mit diesem Arschgesicht ins Bett springen.« Ups, da war Buddha wohl doch einen kleinen Moment abgelenkt gewesen. So hart hatte Fricke es gar nicht formulieren wollen, aber nun war es raus. Er setzte sein bestes Pokerface auf und harrte der Dinge, die da kommen mochten.

Einen Moment herrschte totale Stille im Zimmer, dann stand Elena auf. Sie holte aus und gab ihm eine schallende Ohrfeige. »Raus!«, zischte sie ihn an. »Raus hier, sofort!«

Fricke rieb sich erstaunt die Wange. Ein ganz schöner Schlag für so ein zartes Persönchen. Mit dieser Bemerkung hatte er eine Grenze überschritten, das wusste er. Aber bedeutete ihre heftige Reaktion etwa, dass er ins Schwarze getroffen hatte?

Er blieb sitzen, obwohl sie mit erhobenem Arm zur Tür wies.

»Okay, Elena, der Schlag saß. Der mit dem Hilfsbeamten und der hier auf meiner Wange. Aber ich werde nicht gehen. Denn dann müsste ich mich bei deinem Vorgesetzten über dich beschweren, weil du die Ermittlungen behinderst, und zwar aus persönlichen Gründen.«

Elena setzte sich. Ja, das konnte er in der Tat, und es würde kein gutes Licht auf sie werfen. Dass er es tatsächlich tun würde, lag durchaus im Bereich des Möglichen, denn bei ihm stand die Lösung seiner Fälle an erster Stelle, vor jedem Privatleben, vor jedem Gefühl. Sie starrte auf die Tischplatte und versuchte sich zu beruhigen.

»Ich mache dir ein Kompromissangebot«, schlug er ihr vor, »du holst ihn hierher und wir werden ihn zusammen verhören, allerdings ohne Protokoll. Und dann entscheiden wir gemeinsam weiter.«

Sie sah nicht zu ihm auf und antwortete nicht, aber sie griff nach dem Telefon und tippte eine Durchwahl.

»Sebastian, ich habe hier ein Problem, kannst du bitte mal schnell rüberkommen?«

Wie zwei Duellanten saßen sie sich gegenüber und schwiegen, bis die Tür aufging und sie Birnbaums lautstarke Stimme vernahmen.

»Lenchen, wenn du rufst, bin ich da!« Er stockte, als er Fricke sah.

Elena wies auf den zweiten Stuhl vor ihrem Schreibtisch. »Sebastian, bitte setz dich. Das ist Hauptkommissar Sven Fricke, er ermittelt im Fall der Kanzlei Bartelsen.«

Fricke erkannte den Schlipsträger sofort. Hatte er also gestern Abend richtiggelegen mit seiner Vermutung. Als Sebastian Birnbaum ihm nach kurzem Zögern die Hand hinstreckte, stand er auf, nahm seinen Stuhl und setzte sich damit neben Elena auf ihre Seite des Schreibtischs. Die dargebotene Hand ignorierte er dabei.

Die Geste war überdeutlich. Birnbaum quittierte sie mit einer hochgezogenen Augenbraue: »Sieht so aus, als ob das eine offizielle Vernehmung werden soll.«

Elena stützte ihre Ellbogen auf den Schreibtisch, und man merkte, dass sie nach Worten suchte. »Nein, Sebastian. Aber, um ehrlich zu sein, hatte Hauptkommissar Fricke das ursprünglich vor. Ich bin allerdings der Meinung, dass wir es erst mal bei einem inoffiziellen Gespräch belassen können. Ich hoffe, dass sich dann alles klärt.«

Fricke beugte sich nun zu Birnbaum vor: »Sie wollten gerne für die Kanzlei Bartelsen tätig werden?«

Sebastian lehnte sich zurück, verschränkte die Arme und sah von einem zum anderen: »Ja, warum?«

»Die Fragen stelle im Moment ich.« Frickes Ton war so scharf, als hätte er einen überführten Schwerverbrecher vor sich und keinen Staatsanwalt.

»Sven, bitte.« Elena legte ihre Hand auf seinen Arm, um ihn zu beruhigen.

»Oha, *Sven*!«, wiederholte Birnbaum zynisch.

Elena zog ihre Hand augenblicklich zurück, als hätte sie sich verbrannt.

»Und Lohmann hat sich gegen Sie ausgesprochen?«, fragte Fricke weiter.

»Ich kann es nur vermuten. Aber ja, es sieht ganz danach aus.«

»Und Ihnen wurde die Aufnahme in die Kanzlei daraufhin verwehrt?«

Birnbaum hob nonchalant die Hände: »Das kann schon mal passieren.«

»Sollte es bei einem guten Staatsanwalt aber nicht, Herr Birnbaum.«

Die Spannung im Raum war beinahe mit den Händen zu greifen.

»Waren Sie sehr wütend auf Lohmann?«

Birnbaum beugte sich vor: »Ich weiß nicht, was Sie sich hiervon versprechen. Ich habe jedenfalls keine Lust mehr, mich weiter Ihrem lächerlichen Pseudo-Verhör zu unterziehen.«

»Sebastian, das ist kein Spiel«, schaltete Elena sich ein. »Bitte beantworte seine Fragen.« Sie sah ihn eindringlich an.

Ihr Blick schien seine Wirkung nicht zu verfehlen. »Okay«, lenkte Birnbaum widerwillig ein.

»Waren Sie sehr wütend?«, wiederholte Fricke seine Frage.

»Ja, verdammt wütend, und? Was sagt Ihnen das jetzt?«

»Wütend auf Lohmann. Und auf die ganze Kanzlei«, stellte Fricke fest, ohne auf die patzige Gegenfrage einzugehen.

Birnbaum sah aus, als ob er Fricke jeden Moment über den Schreibtisch hinweg an die Gurgel springen würde.

»War es vielleicht sogar eine Mordswut, die Sie auf die ganze Kanzlei hatten?«, insistierte Fricke weiter.

Birnbaum kniff die Augen zusammen. »Zu so einem Quatsch sag ich jetzt gar nichts mehr.«

»War es nicht auch so, dass Lohmann Sie während einer Verhandlung bloßstellte? Als Sie einen Psychiater in den Zeugenstand riefen? Hat Sie das nicht auch eine Beförderung gekostet?«, ließ Fricke immer noch nicht locker.

»Pffff«, machte Birnbaum nur und wandte verächtlich den Blick ab.

»Herr Birnbaum, wo waren Sie am Freitagmorgen zwischen 7 und 8 Uhr?«, wollte der Kommissar wissen.

Ihm war klar, dass die Frage eigentlich überflüssig war. Birnbaum würde wohl kaum selbst eine Bombe gebastelt und diese am Bus platziert haben. Nein, wenn überhaupt, dann hatte er jemanden dafür engagiert. Dennoch musste er die Frage stellen.

»Ich war um halb acht im Büro. Fragen Sie gerne meine Sekretärin in Hamburg«, antwortete Birnbaum gelassen.

»Okay, dann können wir das Gespräch hiermit beenden, oder?«, Elena warf Sven einen fragenden Blick zu und der nickte.

Alle drei erhoben sich. »Ich darf mich verabschieden. Herr Kommissar«, Birnbaum schlug mit einer übertriebenen Geste die Hacken zusammen. Dann trat er auf Elena zu: »Bis heute Abend, Lenchen«, raunte er und gab ihr einen Klaps auf den Po, der sie zusammenzucken ließ.

Bevor Elena überhaupt registriert hatte, was geschehen war, schoss Frickes Faust bereits dicht an ihrem Gesicht vorbei und donnerte gegen Sebastians Kinn. Der taumelte rückwärts und plumpste stöhnend zurück auf den Besucherstuhl.

»Wenn er sich darüber beschweren will, sag ihm, ich lad ihn vor – und dann, schwör ich dir, mach ich ihn fertig.« Damit stürmte Fricke aus dem Zimmer und knallte die Tür hinter sich zu.

Elena starrte benommen hinter ihm her. Was war das denn gerade gewesen? Sven war einem Staatsanwalt gegenüber tätlich geworden? Ihr Blick wanderte zu Sebastian, der sich mit schmerzverzerrtem Gesicht den Kiefer hielt. Am liebsten hätte sie ihm gleich noch einmal eine verpasst für diese Unverschämtheit, die er sich vor Frickes Augen ihr gegenüber geleistet hatte.

Ohne ein weiteres Wort drehte sie sich um und verließ ihr Büro Richtung Kantine. Auf dem Flur konnte sie ein breites Grinsen nicht mehr unterdrücken.

KAPITEL 21

Dienstag, Düsternbrook, 11.30 Uhr

Oppermann war froh, dass er heute Morgen nicht mit Fricke zur Staatsanwaltschaft gefahren war. Hatte er es anfangs noch amüsant gefunden, wurde es ihm zunehmend unangenehm, dabei zu sein, wenn sein Kollege und die Staatsanwältin aufeinandertrafen. Irgendwie fühlte er sich stets deplatziert und hatte das Gefühl, in etwas Wesentliches nicht eingeweiht zu sein. Davon abgesehen tat es gut, auch mal alleine unterwegs zu sein und eine sinnvolle Aufgabe zu haben. So wie jetzt.

Fricke hatte ihn mit dem Foto des Mannes aus der Tiefgarage nach Düsternbrook geschickt. Vielleicht hatte ihn dort in der Umgebung jemand gesehen. Sein Partner hatte ihm eigens den BMW dafür überlassen.

Es war kurz vor zehn, als Oppermann den Dienstwagen vor dem Haus von Julia und Thomas Neuhaus abstellte, wo ein Parkplatz frei war. Er stieg aus und musterte dabei das Auto, das vor ihm parkte – ein Ford Mustang GT. Oppermann pfiff leise durch die Zähne, während er um den Sportwagen herumlief. Genau so einen würde er sich auch holen, wenn er mehr verdienen würde, aber sein Ziel war, zunächst einmal zu heiraten und sich dann ein Häuschen in Wiesbaden zu suchen.

Er seufzte, kehrte gedanklich zurück in die Wirklichkeit und wandte sich dem Grundstück der Familie Neuhaus zu. Im Vorgarten war eine dunkelhaarige Frau gerade damit beschäftigt, die Erde in einem der Blumenbeete zu lockern. Sie hatte Oppermann den Rücken zugekehrt.

»Guten Morgen«, grüßte der Beamte vorsichtig, um sie nicht zu erschrecken.

Die Frau drehte sich überrascht um und erhob sich. Oppermann schätzte sie auf etwa Mitte 30, und ihm fiel auf, dass sie durchaus attraktiv war. Mit einer Mischung aus Neugierde und Misstrauen im Blick kam sie auf ihn zu.

»Ja, bitte?«

»Mein Name ist Oppermann. Ich bin von der Polizei«, stellte er sich vor und zog den Ausdruck des Handyfotos aus der Sakkotasche. »Haben Sie diesen Mann schon einmal hier in der Gegend gesehen?«, fragte er und hielt ihr das auseinandergefaltete Blatt Papier entgegen.

Frau Neuhaus betrachtete das Bild, dessen Qualität nicht die beste war. Nach einer Weile schüttelte sie den Kopf. »Nein, tut mir leid«, erklärte sie. »Geht's um die Bombe?«

»Ja. Was wissen Sie über den Vorfall?«, fragte Oppermann und faltete den Ausdruck wieder zusammen.

»Ich? Nichts. Außer das, was Susanne mir erzählt hat und was in der Zeitung stand.«

»Susanne Winter, meinen Sie?«

Julia Neuhaus nickte. »Wir treffen uns jeden Donnerstag zum Kartenspielen. Außerdem verbindet uns eine

Art nachbarschaftliche Freundschaft. Schrecklich, was da passiert ist.« Sie wandte den Blick ab.

»Sind Sie ebenfalls in der Anwaltsbranche tätig?«

Die Frau winkte ab. »Nein, mein Mann und ich sind im Maklergeschäft.«

»Ach, Immobilien?« Oppermann lächelte erfreut. »Das trifft sich ja gut. Ich suche bald ein Haus in Wiesbaden, wechsle dorthin zum BKA. Sie haben da nicht zufällig was im Angebot?«

»Da muss ich Sie leider enttäuschen«, entgegnete Julia Neuhaus. »Wir sind auf Häuser in Südfrankreich spezialisiert.«

»Frankreich also«, nickte Oppermann und ließ sich nicht anmerken, wie sehr ihn diese Auskunft elektrisierte. Ob er hier schon die gesuchte Verbindung zur Fremdenlegion gefunden hatte? »Muss schön sein dort«, fuhr er beiläufig fort. »Sind Sie schon länger geschäftlich in der Region tätig?«

»Etwa fünf Jahre. Und ja, Südfrankreich ist wirklich wunderschön«, antwortete Julia Neuhaus.

»Sie haben in dieser Zeit nicht zufällig Kontakte zur Fremdenlegion aufgebaut?«, entschied Oppermann sich kurzerhand dafür, mit der Tür ins Haus zu fallen. An ihrer Reaktion würde er hoffentlich ablesen können, ob sie etwas zu verbergen hatte.

»Fremdenlegion?« Julia Neuhaus schien irritiert. »Nein, das entspricht nun wirklich nicht unserem Kundenkreis«, entgegnete sie.

»Und Ihr Mann?«

Julia Neuhaus verneinte wieder. »Aber Sie können ihn das gerne selber fragen, wenn er wieder zu Hause ist.

Momentan ist er nämlich in Frankreich«, erklärte sie und ein leichter Unmut hatte sich in ihren Ton geschlichen.

»Das werde ich, Frau Neuhaus«, entgegnete Oppermann. »Können Sie mir noch sagen, wann Ihr Mann aufgebrochen ist?«

Julia Neuhaus runzelte die Stirn. Ihr Blick zeigte nun deutlich, dass sie verärgert war: »Darf ich fragen, warum? Glauben Sie etwa, mein Mann hat etwas mit dieser Bombe zu tun?«

Oppermann hob beschwichtigend seine Hand. »Ganz und gar nicht, Frau Neuhaus. Aber wir stehen noch ganz am Anfang der Ermittlungen und ich muss Ihnen diese Fragen stellen. Bitte nehmen Sie es nicht persönlich.«

Die Bemerkung schien sie etwas zu besänftigen, aber ihr Blick blieb skeptisch. »Vor zehn Tagen etwa. Wenn Sie sonst keine Fragen haben, würde ich mich gerne wieder um mein Blumenbeet kümmern«, sagte sie und hob demonstrativ ihre Hände, die in Gartenhandschuhen steckten.

»Natürlich. Sie haben mir sehr geholfen«, bedankte Oppermann sich. »Auf Wiedersehen.«

Als er sich umwandte, sah er aus dem Augenwinkel einen Mann vom benachbarten Grundstück Richtung Straße laufen.

»War das eben Herr Munsch?« Er drehte sich erneut zu Julia Neuhaus um.

»Wer?«, fragte sie. Sie hatte sich schon wieder ihrer Gartenarbeit gewidmet und kam nun zurück in den Stand.

Oppermanns Blick wanderte zurück zur Straße, aber der Mann war verschwunden. Dann plötzlich tauchte ein

Kopf hinter Frickes BMW auf und sah direkt zu ihnen herüber.

Oppermann brauchte einige Sekunden, um zu erkennen, welches Gesicht ihn da anblickte. Trotz der mangelnden Bildqualität war er sich sicher, es war jenes, das auch auf dem Ausdruck in seiner Sakkotasche zu sehen war.

Sofort griff er zu seinem Holster, öffnete den Verschluss und zog seine Dienstwaffe. Julia Neuhaus stieß einen kurzen Schrei aus, als sie die Pistole registrierte, und eilte ins Haus.

»Stehen bleiben! Polizei!«, rief Oppermann und richtete seine Waffe auf den Mann.

Doch der ließ sich weder von der gezogenen Waffe noch von Oppermanns Worten abschrecken, rannte in geduckter Haltung ein paar Schritte vor, bis er den Ford Mustang erreicht hatte, riss die Fahrertür auf und warf sich auf den Sitz.

Oppermann sprintete ebenfalls los. Er kam dem Mustang immer näher und konnte den Mann durch die Scheibe gut erkennen. Als er die Waffe erneut hob, heulte der Mustang kurz auf und schoss dann mit quietschenden Reifen davon. Oppermann ließ die Waffe sinken. Auf die Reifen zu schießen, hatte ebenfalls keinen Sinn mehr, dazu war der Wagen bereits zu weit weg. Er steckte seine Pistole ins Holster zurück und stürzte zu Frickes BMW. Als er die Fahrertür aufschließen wollte, hielt er mitten in der Bewegung inne: Sowohl Vorder- als auch Hinterreifen hatten einen Platten.

Wütend hieb er auf das Autodach. Dann holte er sein Handy hervor und wählte Frickes Nummer. Er gab ihm das Kennzeichen des Mustangs durch mit der Bitte, eine sofortige Fahndung einzuleiten. Anschließend erzählte er ihm, was sich zugetragen hatte.

»Bleiben Sie, wo Sie sind. Ich versuche, bei den Kollegen im Präsidium einen Dienstwagen aufzutreiben. Ich komme zu Ihnen und wir reden gemeinsam mit Munsch«, erklärte Fricke. Er war nach dem Treffen mit Elena per Taxi zurück ins Präsidium gefahren und hatte den Ausdruck des Handyfotos dort ebenfalls herumgezeigt. Aber niemand kannte den Mann.

Die Zusammenarbeit mit der hiesigen Kripo war lange nicht so schlimm, wie er sie sich anfangs vorgestellt hatte. Die Kollegen waren tatsächlich froh, dass man sie unterstützte, und zeigten sich dementsprechend hilfsbereit. Auch in Bezug auf den Dienstwagen. Bereitwillig gab man ihm die Schlüssel zu einem Passat und erklärte ihm den schnellsten Weg nach Düsternbrook, da der Wagen kein Navi hatte.

Während der Fahrt dachte Fricke über sein Zusammentreffen mit Birnbaum nach und fasste den Entschluss, dass er sich auf gar keinen Fall für den Faustschlag entschuldigen würde. Weder bei ihm noch bei Elena. Er würde es jederzeit wieder so machen. Sorgen, dass Birnbaum dienstliche Schritte gegen ihn einleiten würde, brauchte er sich keine zu machen, eher musste Birnbaum sich vorsehen, dass Fricke nicht weiter wegen des Bombenattentats gegen ihn ermittelte. Insgeheim war der Kommissar sich aber sicher, dass Birnbaum lediglich ein Maulheld war. Er mochte der Kanzlei gedroht haben, aber dass er seinen Worten tatsächlich blutige Taten hatte folgen lassen, das konnte sich Fricke nicht vorstellen. Denn inzwischen schien klar, wer Kontakt zu dem gesuchten Mann aus der Tiefgarage hatte: Munsch.

KAPITEL 22

Dienstag, Landgericht Kiel, 13 Uhr

Elena wählte die Nummer ihrer Sekretärin.

»Hallo, Frau Maibaum. Ich möchte jemanden zur Vernehmung einbestellen. Und zwar nach Möglichkeit sofort. Wenn die Dame sich weigert, können Sie ihr auch androhen, dass ich sie von der Polizei abholen lasse. Egal, wo sie gerade ist, sie soll hierherkommen. Ihr Name ist Nadine Ellermann. Schauen Sie mal, ob Sie die ausfindig machen können. Alle nötigen Infos stehen in der Datei zum Fall.«

Als sie aufgelegt hatte, betrachtete sie nachdenklich das Flipchart. Ob der Name des Täters hier bereits draufstand? Sie wusste es nicht. Zu viele Verbindungen waren noch offen und mussten erst verfolgt werden.

Ihr Telefon meldete sich.

»Maibaum hier«, hörte sie die Stimme ihrer Sekretärin durch den Hörer. »Nadine Ellermann stand im Telefonbuch. Und die Androhung der Abholung durch die Polizei hat sofort gewirkt. In 30 Minuten wird sie hier sein.«

»Wunderbar. Danke, Frau Maibaum, Sie sind ein Schatz.«

Die Sekretärin kicherte. »Das habe ich noch nie gemacht, jemandem anzudrohen, ihn mit der Polizei abholen zu lassen. Das war richtig aufregend. Und hat gewirkt!«

Elena schmunzelte. »Das tut es fast immer. Bei einem Fall wie diesem ist es auch durchaus angebracht. Ich habe noch eine weitere Bitte, Frau Maibaum: Emilio Bertoldi hat eine Akte hier. Können Sie mir die bitte raussuchen?«

»Gerne, Frau Karinoglous.«

»Danke.«

Elena legte auf. Vom Arbeitsumfeld her war alles perfekt. Alle waren froh, dass sie sich der Angelegenheit angenommen hatte. Keiner der anderen Staatsanwälte hätte sich gerne an einem solchen Fall öffentlich die Finger verbrannt.

Apropos öffentlich – Elena fiel ein, dass es höchste Zeit für eine offizielle Erklärung an die Medien wurde. Die Presse würde sonst ihren eigenen Mist schreiben. Es war noch genügend Zeit, bis Nadine Ellermann kam. Die würde Elena nutzen, um bei Abraham vorbeizuschauen. Mit ihm würde sie auch gleich einen Termin für die Pressekonferenz vereinbaren.

Auf dem Weg zum Oberstaatsanwalt kam sie an Sebastians Büro vorbei. Seine Tür stand offen und sie erhaschte einen flüchtigen Blick auf ihn, bevor sie eilig weiterlief. Jetzt bloß keine Diskussion mit ihm.

Nachdem sie an Abrahams Tür geklopft hatte, rief sie eine sonore Stimme herein. Elena öffnete sie und sah drinnen einen weißhaarigen Mann vom Schreibtisch her auf sie zukommen. Er schüttelte ihr so herzlich die Hand, dass es fast ein wenig schmerzte.

»Endlich – Frau Karinoglous. Bitte nehmen Sie Platz.« Er lächelte freundlich. »Ich habe übrigens Ihren Prozess gegen die Mafiabande verfolgt. Kompliment, Frau Kollegin! Sie haben Mut und Geschick bewiesen.«

»Danke, Herr Abraham.«

Es war tatsächlich einer ihrer schwierigsten Fälle gewesen. In Mafiakreisen zu ermitteln, bedeutete immer auch Gefahr für einen selbst und das persönliche Umfeld. Und das hatte sie heute Nachmittag auch noch vor sich – mit dem Besuch bei Bertoldi.

»Wie kommen Sie denn voran? Haben Sie alles, was Sie brauchen? Oder kann ich Ihnen irgendwie helfen?«

»Im Grunde ist alles wunderbar, vielen Dank. Wir haben erste Verdächtige und verfolgen zahlreiche Spuren. Aber wir haben auch noch einiges vor uns. Der Kreis der Verdächtigen ist bei dieser Kanzlei einfach sehr groß.«

Abraham nickte. »Da haben Sie in der Tat eine harte Nuss zu knacken. Die Art, wie dieser Anschlag verübt wurde, nämlich mittels einer Bombe, müsste den Kreis der Verdächtigen aber durchaus einschränken.«

»Das ist richtig. Wir wissen inzwischen sogar, dass diese spezielle Art von Sprengkörpern besonders auf die französische Fremdenlegion hinweist. Da setzen wir auch an. Wie Sie sich denken können, ist es aber nicht ganz einfach, an Informationen heranzukommen. Ich melde mich bei Ihnen, sobald es neue Erkenntnisse gibt. Heute bin ich aber eigentlich wegen etwas anderem hier: Ich nehme an, wir müssen möglichst zeitnah eine Pressekonferenz abhalten?«

»In der Tat«, Abraham nickte eifrig. »Ich werde hier schon bombardiert mit Anfragen. Wann schaffen Sie es?«

Gut, wenn er ihr Zeit ließ, was ungewöhnlich war, dann würde sie lieber noch einen Tag abwarten. »Morgen Vormittag?«

Er notierte sich die Angabe in seinem Tischkalender. »Sehr gut. Ich arrangiere den Pressetermin. Anwesend sein werden Sie, ich – und ich nehme an, der ermittelnde Hauptkommissar. Wer ist das eigentlich?«

»Sven Fricke, Herr Oberstaatsanwalt. Den habe ich uns aus Eckernförde ›zurückgeliehen‹.« Sie schmunzelte bei diesem Ausdruck. »Er ist für unbestimmte Zeit aus der Kripo Kiel nach Eckernförde abgeordnet worden. Aber für diesen Fall ist er genau der Richtige. Ich brauche ihn.«

»Herr Fricke also.« Er notierte sich auch diesen Namen. »Sind Sie zufrieden mit seiner Arbeit? Wir haben hier viele fähige Kommissare. Und die Kripo ist nicht so unterbesetzt wie wir in der Staatsanwaltschaft. Wenn Sie da noch Unterstützung brauchen, lassen Sie es mich bitte wissen.«

»Ich glaube nicht, Herr Abraham. Herr Fricke hat Verstärkung von einem Partner bekommen, Lars Oppermann.«

Abrahams Telefon klingelte. Er hob ab, bat den Anrufer um einen Moment Geduld und wandte sich wieder Elena zu: »Haben Sie sonst noch was auf dem Herzen?«

»Nein.« Sie erhob sich und bedeutete ihm, dass sie nun gehen würde.

»Sonst melden Sie sich!«, gab er ihr mit auf den Weg.

Als Elena zu ihrem Büro zurückkam, sah sie schon von Weitem, dass auf dem Besucherstuhl vor der Tür jemand auf sie wartete. Ein grell neonpinkes Oberteil leuchtete sie an. Beim Näherkommen erkannte sie einen ebenso neonfarbenen, gelben Totenkopf darauf. Darüber ein Ausschnitt, der die riesige Oberweite nur mühsam mit einer kleinen Raffung zwischen den quellenden Brüsten hielt. Dazu ein schwarzer Stretch-Minirock. – Nadine Ellermann.

Dass Barbara Bartelsen nicht amüsiert über ein solches Auftreten war, wunderte Elena gar nicht. Fricke hatte ihr ja von Schönborns Bericht erzählt, jeder Partner der Kanzlei Bartelsen habe neben einer Sekretärin auch eine Gespielin gehabt. Welcher der beiden Kategorien Nadine Ellermann angehörte, schien auf den ersten Blick klar.

Elena verlangsamte kurz vor ihrer Bürotür den Schritt, um die Frau noch mal in Ruhe zu betrachten, die mit dem Blick zum Flurfenster hinaus Elena noch nicht bemerkt hatte. Und mit der hatte Markus was gehabt? Holla! Er hatte schon immer eine Vorliebe für dralle Blondinen gehabt, aber so ein Exemplar hatte selbst sie noch nie bei ihm gesehen.

»Guten Morgen. Sie sind wohl Nadine Ellermann?«

Die Frau wandte sich zu ihr um, nickte und streckte ihr die Hand entgegen, blieb dabei aber sitzen. Das genügte Elena bereits für eine erste Einschätzung ihrer Person. Ihr selbst hatte man seit der Kindheit höfliches Benehmen beigebracht. Dazu gehörte auch, aufzustehen, wenn man einen älteren Menschen, einen Vorgesetzten oder jemand Offiziellen begrüßte. Wenn Nadine Ellermann nun also sitzen blieb, während sie einer Staatsanwältin die Hand gab, wollte sie ihr Gegenüber entweder bewusst provozieren oder sie hatte keine gute Kinderstube genossen. Elena tippte auf das Zweite. Ansonsten wirkte die Frau nämlich relativ schüchtern angesichts der Tatsache, in die Staatsanwaltschaft einbestellt worden zu sein.

Elena bat sie ins Büro herein, deutete auf den Stuhl vor ihrem Schreibtisch und setzte sich selbst dahinter. »Ich bin die ermittelnde Staatsanwältin im Fall des Bombenattentats. Mein Name ist Karinoglous. Ich werde unser Gespräch aufzeichnen.«

Sie nahm das Aufnahmegerät und drückte auf eine Taste.

»Danke, Elena, dafür könnte ich dich knutschen!«, tönte es aus dem Gerät.

Irritiert drehte sie das Aufnahmegerät in ihren Händen. Es war Frickes! Gut erkennbar an der zerkratzten Hülle. Sie musste es an dem Abend bei Susanne Winter wohl versehentlich eingesteckt haben. Sie biss sich auf die Lippe. Mist, da hatte sie doch glatt selbst die falsche Taste gedrückt und dann ertönte ausgerechnet Svens unangebrachter Spruch vor einer offiziellen Zeugin. Wie peinlich! Hoffentlich hatte sie dadurch nichts von ihrer Autorität eingebüßt.

Sie warf Nadine Ellermann einen prüfenden Blick zu. Deren Mundwinkel zuckten verdächtig – offensichtlich nahm sie den Zwischenfall mit Humor.

»Entschuldigung«, murmelte Elena und lächelte zurück. Dann löschte sie rasch Frickes Aufnahme und drückte anschließend sehr bewusst die Aufnahmetaste.

»Sie sind Nadine Ellermann?«

»Ja.«

Elena stoppte die Aufnahme. Irgendwie hatte sie Frickes Stimme aus dem Takt gebracht. Sie musste sich erst wieder sammeln.

»Darf ich Ihnen vielleicht einen Kaffee anbieten, bevor wir mit der Befragung beginnen?«, schlug sie Frau Ellermann vor, die, immer noch lächelnd, nickte.

Elena holte die Thermoskanne, die Frau Maibaum schon auf dem halbhohen Regal hingestellt hatte, und goss ihnen beiden einen Kaffee ein.

»Milch und Zucker stehen dort. Bitte bedienen Sie sich.«

Sie nahm einen Schluck aus ihrer Tasse und fokussierte ihre Gedanken auf das bevorstehende Gespräch. Nachdem auch Nadine Ellermann von ihrem Kaffee getrunken hatte, signalisierte sie ihr, nun mit dem Gespräch fortzufahren, und drückte wieder die Aufnahmetaste.

»Frau Ellermann, Sie sind Sekretärin in der Kanzlei Bartelsen & Partner?«

»Ja.«

»Und Sie waren beim Betriebsausflug krank?«

»Ja, ich hatte eine schwere Magen-Darm-Grippe. Wahrscheinlich habe ich mich bei Herrn Schönborn angesteckt. Der hat mir nämlich beim Diktat ein paarmal direkt ins Gesicht gehustet und am nächsten Tag waren wir beide krank. Aber wie, kann ich Ihnen sagen. Dünnpfiff bis zum …«

Elena winkte ab, so genau wollte sie es nun wirklich nicht wissen.

»Haben Sie als Angehörige der Kanzlei irgendwelche Vermutungen, wer der oder die Täter sein könnten?«

»Nein, keine Ahnung. In den Fällen steck ich ja sowieso nicht so tief drin. Klar, ab und zu schreib ich mal was dafür, aber ganz ehrlich, mich interessiert das nicht. Ich mach eben meine Arbeit und gut ist es. Also nicht, dass ich das schlecht mache. Aber ich bin ja auch keine Rechtsanwaltsgehilfin, nur Sekretärin.«

Sekretärin für besondere Dienste, dachte Elena bei sich. Aber eigentlich war ihr die Frau gar nicht so unsympathisch. Sie war ein wenig einfältig, ja, aber sie schien aufrichtig zu sein und ein freundliches Wesen zu haben. Außerdem war sie in ihrer Art bei Weitem nicht so aufdringlich und schrill, wie es ihr Äußeres vermuten ließ.

Daher fiel Elena die nächste Frage auch nicht so leicht, wie sie ursprünglich geglaubt hatte.

»Frau Ellermann, es tut mir leid, wenn ich jetzt ein wenig indiskret sein muss. Aber man hat uns gesagt, dass Sie die Geliebte von Markus Lohmann waren. Entspricht das der Wahrheit?«

Nadine Ellermann sah sie aus großen Augen an und brach dann unvermittelt in Tränen aus. Elena reichte ihr ein Taschentuch.

»Nein«, schluchzte Nadine.

Elena blickte erstaunt auf. Das hatte sie nun nicht erwartet. »Nein?«, fragte sie nach.

»Ich war nicht seine Geliebte. Ich war seine Freundin. Und wir wollten bald zusammenziehen. Ich weiß, dass Sie mir das jetzt nicht glauben werden, weil die blöde Kuh, diese eingebildete Schrulle …«

»Sie meinen Susanne Winter?«

»… ja, die Kuh, allen erzählt, dass Markus sie heiraten würde. Aber das stimmt nicht. Er hatte genug von ihr und wollte sich trennen.« Nadine Ellermann tupfte sich die Tränen aus dem Gesicht. »Ist jetzt vielleicht auch nicht ganz in Ordnung, wenn ich das verrate, aber die Tussi verbreitet ja auch alle möglichen Geschichten über mich. Dann darf ich jetzt ja wohl die Wahrheit über sie erzählen: Sie hat Markus mit ganz seltsamen Sexspielchen heißgemacht. Dabei war sie immer die Dominante. Anfangs hat ihm das wohl noch gefallen, aber irgendwann wurde es ihm zu viel und er wollte halt einfach nur normalen Sex, Sie wissen schon, ohne Spielchen …«

Elena nickte und überlegte, was wohl unter »normalem Sex« zu verstehen war. Sie wollte Nadine Ellermann aber nicht unterbrechen.

»Ohne die harten Spielchen konnte die aber gar nicht mehr. Seit Wochen lief nichts mehr zwischen denen. Und Markus hatte vor, sich von ihr zu trennen. Wir haben zusammen geübt, wie er es ihr am besten sagt. Er hatte Angst davor, verstehen Sie?«

Auch hier nickte Elena, obwohl sie sich nicht ganz sicher war, ob sie wirklich verstand.

»Er wollte mit mir zusammenleben, ob Sie das nun glauben oder nicht. Er liebt mich! Und ich ihn. Und wenn er aus dem Koma aufwacht, dann wird er Ihnen das auch selber sagen!«

Elena runzelte die Stirn. Normalerweise hätte sie den Wahrheitsgehalt dieser Worte tatsächlich sehr angezweifelt, denn die meisten gebundenen Männer versprachen ihren Geliebten, so sie denn vorhanden waren, das Blaue vom Himmel herunter, damit sie zufrieden waren. Nadine Ellermann aber passte in der Tat genau in Markus' Beuteschema, Susanne Winter dagegen nicht. Sie glaubte, ihn gut genug zu kennen, um das beurteilen zu können.

Sicher, sie würde weder Susanne Winters noch Nadine Ellermanns Version bestätigt bekommen, solange Markus im Koma lag, aber sie tendierte dazu, eher der Frau zu glauben, die hier vor ihr saß.

»Danke, Frau Ellermann«, erklärte sie das Gespräch für beendet. »Sie haben mir sehr geholfen.«

KAPITEL 23

Dienstag, Düsternbrook, 12.30 Uhr

Fricke sah Oppermann bereits von Weitem vor dem BMW stehen. Er parkte den Dienstwagen der Kieler Kollegen hinter seinem Auto und stieg aus.

»Kann passieren, Oppermann, Hauptsache, Ihnen ist nichts geschehen«, begrüßte er seinen Partner mit einem kräftigen Hieb auf die Schulter.

Oppermann wirkte zerknirscht. »Wenn die Wache die Reifen nicht bezahlt, übernehme ich die Reparatur natürlich.«

»Der BMW ist ein Dienstwagen, Oppermann. Machen Sie sich mal keine Gedanken.« Er klopfte ihm nochmals aufmunternd auf die Schulter. »Der Typ kam aus dem Haus von Munsch?«, fragte er dann.

»Ich habe gesehen, wie er von dem Haus wegging, zur Straße hin. Ob er vorher tatsächlich im Haus war, kann ich nicht mit Sicherheit sagen.«

Fricke starrte nachdenklich auf das benachbarte Grundstück. »Waren Sie mit dem Bild schon bei Schönborn?«

Oppermann verneinte. Er sei aufgrund des Zwischenfalls mit den Reifen nur bis zum Ehepaar Neuhaus gekommen. Dabei habe er in Erfahrung gebracht, dass Julia Neuhaus und ihr Mann Häuser in Südfrankreich verkauften, aber laut Frau Neuhaus keine Verbindungen zur Fremdenlegion hätten.

Außer mit einem »Hm…« kommentierte Fricke Oppermanns Erläuterung nicht. Stattdessen forderte er ihn auf, mit dem Bild zu Schönborn zu gehen und anschließend zu Munsch zu kommen, den er inzwischen seinerseits befragen wolle.

Oppermann nickte und machte sich auf zu Schönborns, die nur einige Häuser weiter wohnten. Fricke forderte derweil über die Wache einen Abschleppwagen an. Elena würde er erst nach Munschs Befragung über den Stand der Dinge unterrichten.

Er betrat das angrenzende Grundstück und klingelte. Eine Frau öffnete ihm die Tür.

»Frau Munsch, nehme ich an?«, fragte Fricke und lächelte sie an.

Sie nickte. »Karin Munsch, ja. Und Sie sind?«, entgegnete sie, offenbar verwundert darüber, dass der Mann sich seinerseits nicht vorstellte.

Fricke entschuldigte sich, zeigte der Frau seinen Dienstausweis und nannte seinen Namen.

»Schon wieder? Es waren doch am Freitag schon Leute von Ihnen hier und haben uns zu dem Bombenattentat befragt«, antwortete sie überrascht.

Da Fricke kein Vernehmungsprotokoll in den Akten gefunden hatte, ging er davon aus, dass diese Befragung vom BKA vorgenommen worden war. Wahrscheinlich hatten die Kollegen ebenfalls eine Verbindung der Munschs zu dem mutmaßlichen Bombenleger festgestellt, wenn sie ihn, wie sie sagten, schon eine Weile beschatteten.

»Und mein Mann war doch auch am Sonntag bei der Staatsanwältin.«

Fricke horchte auf. Aha, so war das also. Hatte Elena doch mit ihm geredet. Eigentlich müsste er ja jetzt sauer sein. Aber er hatte ihr im Gegenzug auch nichts von dem Foto des Mannes in der Tiefgarage gesagt, damit sie ihm nicht vorschreiben konnte, diese Spur entsprechend der BKA-Anweisung fallen zu lassen. So kochte hier jeder sein eigenes Süppchen und im Prinzip waren sie jetzt quitt.

»Ja, ich weiß, Frau Munsch, aber ich bin von der Kripo Kiel und habe den Fall hier neu übernommen. Ich müsste die Befragung also noch einmal vornehmen«, antwortete Fricke weiterhin lächelnd.

Resigniert stimmte sie zu und bat den Kommissar ins Haus. Fricke folgte ihr bis in die Küche, wo sie ihm einen Stuhl anbot und ungefragt eine Tasse Kaffee einschenkte.

Sie sah gut aus, stellte er fest. Um die 40 Jahre alt, braune lange Haare, eine sportliche Figur, die jeden Mann zweimal hinsehen ließ, und elegant gekleidet.

»Also?«, fragte sie, während sie sich, ebenfalls mit einer Tasse Kaffee, an den Küchentisch setzte.

»Ist Ihr Mann auch zu Hause?«

Karin Munsch verneinte und erklärte, er sei beim Insolvenzberater, um ihre Vermögensverhältnisse offenzulegen. Anschließend erzählte sie bereitwillig von dem Prozess und dem damit verbundenen Konkurs.

»Da könnte schon so etwas wie Hass in einem aufkommen, oder?«, bemerkte er beiläufig und trank einen Schluck von seinem Kaffee.

Karin Munsch brauchte einige Sekunden, um die Frage richtig einzuordnen, und lachte dann kurz auf: »Fricke war Ihr Name, ja? Herr Fricke, falls Sie andeuten wollen, dass wir etwas mit dem Attentat zu tun haben, dann kann ich Ihnen den Wind gleich aus den Segeln nehmen. Mein Mann war am Freitagmorgen hier bei mir.«

»Oh, Frau Munsch, ich glaube ganz und gar nicht, dass Sie oder Ihr Mann eine Bombe gebaut und unter dem Bus platziert haben. Um einen solchen Sprengkörper herzustellen, bedarf es schon einer besonderen Ausbildung. Einer Ausbildung, wie man sie beim Militär bekommt.«

Karin Munschs Gesichtszüge entspannten sich. »Sehen Sie? Mein Mann war gar nicht beim Militär. Er war Kriegsdienstverweigerer oder, anders gesagt, Zivildienstleistender und versteht vom Bombenbau so viel wie ich: nämlich rein gar nichts.«

»Das will ich nicht einmal überprüfen, Frau Munsch. Ich wiederhole mich da gerne: Ich denke, dass Ihr Mann diese Bombe weder platziert noch gebaut hat.«

»Und was sollte dann die Bemerkung mit dem Hass? Sie versuchen doch, uns ein Motiv anzudichten, oder?«

Fricke antwortete nicht, sondern zog das Foto des Tiefgaragen-Typen aus seiner Jackentasche, faltete es auseinander und hielt es der Frau hin: »Kennen Sie diesen Mann?«

Karin Munsch betrachtete den Ausdruck. »Schon wieder der? Das Foto haben mir Ihre Kollegen am Freitag schon gezeigt. Auf dem Bild ist ja nicht so viel zu erkennen, aber ich glaube nicht, dass ich den Mann kenne. Wer soll das sein?«, antwortete sie verärgert.

»Dieser Mann ist ein Fremdenlegionär, dessen bin ich mir sicher, und spezialisiert auf den Bau von Bomben, Frau Munsch. Solche Bomben werden nur in der Fremdenlegion verwendet.«

»Ja, und?«

»Mein Kollege, der gleich zu uns stoßen wird, hat ihn vor etwa anderthalb Stunden hier gesehen.«

Karin Munsch legte nachdenklich ihre Stirn in Falten, warf einen prüfenden Blick auf die Uhr und erklärte: »Dazu kann ich Ihnen nichts sagen. Ich bin erst vor einer halben Stunde nach Hause gekommen. Fragen Sie meinen Mann, der müsste hier gewesen sein.«

Frickes Handy klingelte. Er entschuldigte sich und nahm den Anruf entgegen, nachdem er Oppermanns Namen auf dem Display gelesen hatte.

Sein Kollege erzählte, was er bei Schönborn in Erfahrung gebracht hatte. Fricke hörte aufmerksam zu. Das waren ja interessante Neuigkeiten! Er habe die Staatsanwältin bereits angerufen, berichtete Oppermann weiter, und um Unterstützung gebeten. Die wiederum habe einen Streifenwagen zur Kanzlei geschickt, um den Rechner der Buchhaltung zu Schönborn zu bringen. Vielleicht würden sich dort ungewöhnlich hohe Zahlungen finden.

»Gute Arbeit, Kollege«, lobte Fricke und steckte sein Handy zurück in die Jackentasche. Dann legte er das ausgedruckte Foto so vor Karin Munsch hin, dass sie sich den Mann darauf noch einmal in aller Ruhe ansehen konnte.

»Frau Munsch, Sie sind also sicher, dass Sie diesen Mann noch nie zuvor gesehen haben, ja?«

Karin Munsch warf nur einen flüchtigen Blick auf das Bild. »Ich habe das Ihren Leuten am Freitag bereits gesagt und gerade eben auch Ihnen. Was ist an meiner Aussage denn so schwer zu verstehen? Ich kenne diesen Mann nicht«, antwortete sie genervt.

»Das habe ich nicht gefragt, Frau Munsch. Gut möglich, dass Sie ihn nicht kennen. Meine Frage lautete, ob Sie den Mann schon einmal gesehen haben. Dazu müssen Sie ihn ja nicht unbedingt kennen«, erklärte Fricke und sein Lächeln war verschwunden. Ernst blickte er Frau Munsch an.

Die schüttelte den Kopf.

»Ihr Mann war vor etwa zwei Jahren noch als Anwalt in der Kanzlei tätig, oder?«

»Das stimmt.«

»Zu dieser Zeit war der Gesuchte hier sein Mandant. Er wurde damals der Körperverletzung beschuldigt, aber dank Ihres Mannes nicht verurteilt. Ihr Mann also kennt diesen Herrn hier ziemlich gut. Ich muss mit ihm reden. Jetzt. Wo finde ich ihn?«

Wie gut, dass Oppermann diese Informationen zwischenzeitlich von Schönborn bekommen und gleich mit ihm geteilt hatte.

Karin Munsch nannte widerwillig die Adresse des Insolvenzberaters, und Fricke notierte diese in seinem Notizbuch.

»Warten Sie mal, es kann sein, dass der Mann sich für unser Auto interessiert hat«, sagte Karin Munsch plötzlich.

»Für Ihr Auto?«

»Ja, wir verkaufen unseren Landrover. Für heute Morgen hatte sich ein Interessent angekündigt. Vielleicht war mein Mann mit ihm in der Garage.«

»Ist der Wagen noch da?«

Karin Munsch hob ratlos die Schultern und bat Fricke, ihr zu folgen, um nachzusehen. Der Kommissar erhob sich und verließ hinter ihr die Küche Richtung Flur. Dort befand sich eine Tür, die das Haus mit der Garage verband. Karin Munsch öffnete sie und ließ Fricke den Vortritt.

Der Landrover war noch da. Fricke sah sich weiter im Halbdunkel um, während Karin Munsch im Türrahmen stehen blieb. In einer Ecke der Garage befand sich eine Werkbank. Ein Lötkolben, mehrere dünne Kabel in verschiedenen Farben und einige kleinere elektronische Bauteile waren darauf verteilt.

»Ihr Mann interessiert sich für elektronische Basteleien?«, fragte Fricke und wies mit einer Hand in Richtung der Werkbank, während er mit der anderen erneut sein Handy hervorzog.

»Kann sein. Ich kümmere mich normalerweise nicht darum, was er hier so treibt. Die Garage ist sein Reich«, erklärte sie und verschränkte demonstrativ die Arme vor der Brust.

Fricke nickte. Ohne den Blick von ihr abzuwenden, bestellte er die Spurensicherung zum Haus von Dieter und Karin Munsch.

KAPITEL 24

Dienstag, Polizeipräsidium Kiel, 17 Uhr

Frickes Handy klingelte. Als er darauf blickte, verriet ihm das Display, dass es Elena war. Er seufzte. Ihm schwante, was jetzt kam. Eine Standpauke wegen des Kinnhakens. Ein Vortrag darüber, dass ein Staatsbeamter sich nie, niemals zu Handgreiflichkeiten hinreißen lassen dürfe. Vielleicht blühte ihm sogar eine Dienstaufsichtsbeschwerde. Ja, wahrscheinlich das. Oder die Abberufung vom Fall. Das allerdings würde ihn am meisten stören. Vielleicht sollte er gar nicht erst rangehen. Oder aber sie würde versuchen, ein gutes Wort für Munsch einzulegen. Egal, was sie wollte, er würde ihr mal wieder sagen müssen, dass sie eine Zicke war.

»Ja, Elena!« Zicken sprach man nicht mit dem Nachnamen an.

»Hallo – Sven.«

Eine kleine Pause trat ein. Komm, spuck's schon aus, wirf mir an den Kopf, was für ein Riesenidiot ich doch bin, dachte er sich.

»Ich habe eine Bitte an dich.«

Sicher wollte sie, dass er den Fall freiwillig abgab. Das konnte sie vergessen.

»Ich werde gleich um 17 Uhr zu Bertoldi fahren und ihn verhören. Du weißt schon, der Mafiamann. Ich möchte nicht alleine dorthin, als Frau, und überhaupt, du weißt, dass das bei solchen Typen nicht ohne ist. Begleitest du mich?«

Er war perplex. Das hatte er jetzt nicht erwartet. Die Überraschung machte ihn einen Moment lang sprachlos.

»Na ja«, sagte sie in die Stille hinein, »ich habe ja jetzt gesehen, dass du im Ernstfall bereit bist, mich zu verteidigen. Das kann ich bei Bertoldi gut gebrauchen. Deswegen – kommst du mit?«

Er hatte sich wieder gefangen. Bei dieser Argumentation brauchte er nicht lange zu überlegen. »Okay«, sagte er knapp.

»Danke, Sven. Um 17 Uhr in der Kaiserstraße 26. Das ist in Gaarden, dem, na, sagen wir mal, Problemstadtteil von Kiel. Es ist wirklich ein sozialer Brennpunkt«, erklärte Elena, und daran, dass sie munter weiterplapperte, erkannte Fricke, wie erleichtert sie war. »Kriminalität ist hier an der Tagesordnung. Es ist das Revier der typischen Drogendealer mit Goldkettchen. Und eben auch der Mafia. Deswegen bin ich froh, dass du mit mir dort hingehst.«

»Ja, ja, schon gut. Ich hol dich zehn Minuten vorher beim Gericht ab, okay?«, erklärte er, bevor er auflegte und den Kopf schüttelte. Frauen waren wirklich seltsame Wesen. Er würde sie nie begreifen.

Sie stand bereits vor dem Gerichtsgebäude, als er mit einem Polizeiwagen vorfuhr. Im Gegensatz zu ihrer sonstigen Gewohnheit trug sie heute einen dunklen Hosenanzug.

Er stellte den Motor ab und stieg aus. »Ist das dein Mafiaverhöranzug?«, fragte er grinsend zur Begrüßung.

Sie zuckte mit den Schultern. »Ich will solchen Typen so wenig Angriffsfläche wie möglich bieten, wenn du weißt, was ich meine.«

»Schade«, kommentierte er mit einem Augenzwinkern, »ich bin heute irgendwie in Stimmung. Ich würde dem glatt eine verpassen.«

»Das habe ich gemerkt, aber ein Kinnhaken reicht für heute, meinst du nicht auch? Sebastian wird einige Tage brauchen, bis sein Gesicht wieder öffentlichkeitstauglich ist.«

»Bist du gar nicht sauer?«, fragte er verwundert.

»Nee. Das war durchaus angebracht, finde ich.« Sie musterte das Einsatzfahrzeug, mit dem Fricke gekommen war. »Besser, wir nehmen meinen Wagen. So auffällig sollten wir vielleicht nicht vorfahren!« Sie lief los und er hinterher, mal wieder den Impuls unterdrückend, ihr einen Klaps auf den süßen Hintern zu geben. Schließlich wollte er ihre offensichtlich gnädige Stimmung ihm gegenüber nicht riskieren.

Sie fuhren etwa 20 Minuten aus der Innenstadt heraus bis nach Gaarden. Die Kaiserstraße 26 war ein großes Mehrfamilienhaus, mehrere Familien »Bertoldi« und weitere italienische Namen standen auf den Klingelschildern. Typisch Mafia mit italienischen Wurzeln. Da lebte sehr oft der ganze große Familienclan zusammen.

Als sie klingeln wollte, hielt er sie zurück. »Lass mich mal machen.«

Sie nickte. Hier hielt sie sich gerne etwas im Hintergrund. Eigentlich hatte sie keine Probleme damit, als Frau selbstbewusst aufzutreten. Aber die Mafia war gefährlich, das wusste sie von ihrem letzten Fall nur allzu gut. Sie würde ihm gerne den Vortritt lassen.

Fricke klingelte nicht neben dem Namen »Emilio Bertoldi«, sondern an einem Klingelknopf ganz oben. »Zeitungen, bitte aufmache«, sagte er, einen ausländischen Akzent nachahmend, nachdem ein unangenehm lautes »Hallo« durch die Sprechanlage zu vernehmen gewesen war.

Der Surrer ertönte und sie traten ein.

»Überraschungseffekt ausnützen«, kommentierte er sein Vorgehen, während sie die Treppe in den zweiten Stock hochliefen. Dort klingelte Fricke an Emilio Bertoldis Wohnungstür. Als diese sich nur einen Spalt weit öffnete, schob Fricke bereits seinen Fuß in den Zwischenraum. Ein unrasiertes Gesicht blickte ihnen unfreundlich entgegen.

»Polizei, wir müssen mit Ihnen sprechen!«

Auch als der Mann ihm die Tür gegen den Fuß donnerte, hielt Fricke stand. Hier hätte sie mit ihren Pumps bereits verloren gehabt, stellte Elena fest.

Als der Mann sah, dass Fricke sich nicht abwimmeln ließ, öffnete er die Tür schließlich widerwillig, sodass Elena ihn in voller Größe betrachten konnte: unrasiert, weißes Unterhemd, Jeans, ein Gürtel mit Totenköpfen und kaum eine Stelle am Körper, die nicht tätowiert war. Klischee pur, dachte sich die Staatsanwältin und folgte Fricke in die Wohnung.

»Sind Sie Emilio Bertoldi?«, fragte Fricke den Mann, der daraufhin skeptisch nickte.

»Ich bin Hauptkommissar Fricke und das ist die ermittelnde Staatsanwältin im Fall Bartelsen & Partner.«

Elena dankte ihm innerlich dafür, dass er ihren Namen nicht erwähnt hatte. Bertoldi schien sie im Moment jedenfalls nicht zu erkennen. Wenn ihm klar wurde, dass sie an seinem Fall mitgearbeitet hatte, konnte das unangenehm werden.

»Wir haben einige Fragen an Sie. Setzen Sie sich.« Fricke nickte zu dem Tisch hin, der in der Mitte des ziemlich unaufgeräumten Wohnzimmers stand.

Obwohl er ja nur zu Gast war, machte Fricke ohne viele Worte klar, dass er hier den Ton angab. Das machte er gut, stellte Elena fest.

Bertoldi schlenderte erst noch lässig zum riesigen Fernseher, der laut dröhnend ein Fußballspiel übertrug, und schaltete ihn aus, setzte sich dann aber gehorsam an den Tisch.

Mit einem Seitenblick auf Fricke holte Elena dessen Aufnahmegerät hervor. Bestimmt hatte er es noch gar nicht vermisst.

»Wir werden das Gespräch aufzeichnen«, erklärte sie und zögerte kurz, bevor sie den Aufnahmeknopf drückte. Jetzt der falsche Spruch und das Verhör war gelaufen. Aber das rote Lämpchen ging an und die Aufnahme begann.

»Sie haben Drohungen gegen die Kanzlei Bartelsen ausgesprochen«, stellte Fricke fest, worauf Bertoldi mit den Schultern zuckte.

»Und?«, fragte er gelangweilt zurück.

»Zwölf Mitarbeiter dieser Kanzlei sind jetzt tot.«

»Hab ich gehört. Tut mir nicht leid drum. Aber ich war's nicht. Sie können mir das nicht anhängen.«

»Warum sagen Sie, es tut Ihnen nicht leid?«

»Weil sie meinen Bruder in den Knast haben wandern lassen. Ganz bewusst. Die haben ihn einfach nicht gut genug verteidigt! Aber kassiert haben sie ordentlich dafür. Diese Arschlöcher. Denen weine ich keine Träne nach, und wahrscheinlich bin ich da nicht der Einzige.«

»Die Familie steht in Ihrer Heimat an erster Stelle, nicht wahr? Für Ihre Brüder würden Sie sicher alles tun«, versuchte Fricke, Bertoldi aus der Reserve zu locken.

»Vergessen Sie's. Das können Sie mir nicht anhängen.«

»Wo waren Sie am Freitagmorgen zwischen 7 und 9 Uhr?«

»Schnecke, komm mal rüber«, rief Bertoldi, ohne den Blick von Fricke abzuwenden.

Eine sehr junge Frau in rotem Negligé erschien im Türrahmen. Ihre langen schwarzen Haare fielen ihr üppig über die Schultern.

»Mensch, zieh dir was drüber!«, herrschte Bertoldi sie an.

Lässig nahm die Frau sich den Bademantel, der über dem Sofa hing, und schlüpfte hinein. »Mach ich ja schon, liegt halt hier.«

Ohne ihn zuzubinden, blieb sie stehen und stützte lasziv eine Hand in die Hüfte.

Bertoldi grinste ihr anzüglich zu. »Der Herr und die Dame von der Polizei wollen wissen, wo ich am Freitag von 7 bis 10 Uhr war.«

Jedem im Raum war klar, welche Antwort nun folgen würde.

»Natürlich bei mir«, hauchte die Schwarzhaarige.

Fricke sah Elena fragend an: »Personalien aufnehmen?«

Sie schüttelte abwehrend den Kopf. Klar konnten sie das machen und natürlich würde die »Schnecke« das auch schriftlich bestätigen. Daran hatte sie keinen Zweifel. Wenn sie ihm später doch etwas anderes nachweisen konnten, hätte sie einen Meineid geleistet. Was sollte das bringen? Frauen wie die hatten es sowieso schwer genug unter der Fuchtel von Männern wie Bertoldi. Anscheinend sah Fricke das genauso, denn er nickte nur dazu.

»Danke«, sagte er zu ihr, und sie zog erst den Bademantel wieder aus, bevor sie aufreizend langsam aus dem Raum verschwand.

Fricke sah ihr hinterher. Als er sich wieder zu Elena umdrehte, blickte diese ihn aus zusammengekniffenen Augen an.

»Weitere Fragen, Frau Staatsanwältin?«, fragte er sie mit Unschuldsmiene.

»Nein«, antwortete sie knapp.

»Dann war's das für heute, Herr Bertoldi. Sie haben sich in den nächsten Tagen zu unserer Verfügung zu halten. Sie dürfen die Stadt nicht verlassen. Falls doch, müssen Sie mir Bescheid geben«, belehrte Fricke Bertoldi und schob ihm über den Tisch seine Visitenkarte hin.

Der beachtete die Karte nicht. »Sie finden den Weg nach draußen bestimmt alleine«, sagte er und blieb auf seinem Stuhl sitzen.

Fricke und Elena verabschiedeten sich und verließen das Haus.

»Das war jetzt nicht wahnsinnig ergiebig«, stellte Elena fest, als sie wieder in ihrem Wagen saßen. Sie startete den Motor und fädelte sich in den Verkehr ein.

»Nein, aber aus solchen Typen ist auch eigentlich nie was rauszukriegen. Die sind zu gewieft. Wenn, kriegen wir den nur über einen nachweislichen Bezug zu Bomben. Wir müssen nachhaken, ob die hiesige Mafia schon mal etwas damit zu tun hatte.«

Elena nickte. »Danke, dass du mitgekommen bist und die Führung übernommen hast«, sagte sie, ohne den Blick von der Straße abzuwenden.

»Gerne.« Er warf ihr einen Seitenblick zu.

Die restliche Fahrt verbrachten sie schweigend. Erst kurz vor dem Gerichtsgebäude ergriff Fricke wieder das Wort. »Ich muss gleich weiter, Munsch verhören. Bevor du fragst: Nein, du darfst nicht dabei sein, und komm mir jetzt bloß nicht damit, du wärst meine Vorgesetzte und so«, mahnte er.

»Nein, keine Angst, ich halte mich da raus.« Sie stellte ihren Wagen auf dem für sie reservierten Parkplatz ab.

Fricke schnallte sich ab und öffnete die Beifahrertür. »Also dann«, wollte er sich verabschieden.

»Sven, warte.« Sie zögerte, und er hielt inne. »Das wirst du brauchen, wenn du Munsch verhörst«, sie hielt ihm sein Aufnahmegerät hin. »Hab ich bei der Winter wohl versehentlich eingesteckt.«

»Ach, ist mir noch gar nicht aufgefallen.« Er nahm es und berührte dabei leicht ihre Finger.

»Und noch was«, sie räusperte sich. »Wenn du ihn vernommen hast«, sagte sie schließlich, »wollen wir beide dann heute Abend zusammen essen gehen?«

»Nur wir beide?«, fragte er in gespieltem Misstrauen.

»Ja, nur wir beide«, lächelte sie, »oder soll ich Birnbaum dazu bitten?«

Er grinste. »Sehr gerne, Elena. Bring ihn nur mit, und er bekommt noch mal eine aufs Maul.«

Sie lachten beide.

»Sagen wir, gegen 21 Uhr unten im Restaurant des Hotels?«, schlug er vor.

»Hm, das ist zwar etwas spät, aber gut. Also bis dann«, antwortete sie, stieg aus dem Auto und ging fast tänzelnd in das große Gebäude hinein.

Versonnen sah Fricke ihr nach, bevor er sich auf den Weg zu seinem Einsatzwagen machte.

KAPITEL 25

Dienstag, Landgericht Kiel, 19 Uhr

Elena stand an ihrem Flipchart und dachte nach. Mittlerweile hatte sich einiges verändert.

Da gab es also die drei Kreise der Verdächtigen. Unter die »Mandanten der Kanzlei« hatte sie »Emilio Bertoldi« geschrieben. Sie klammerte ihn ein. Ihre Nachforschungen bei den anderen Staatsanwälten hatten keine einzige Bombengeschichte im Umfeld der Kieler Mafia zutage gefördert.

Unter der Bubble »Angehörige der Kanzlei« standen drei Namen. Der erste lautete »Karsten Schönborn«, auch ihn klammerte sie ein. Ebenfalls keine weiteren Verstrickungen oder Motive. Danach folgte »Nadine Ellermann«. Elena schüttelte den Kopf. Das Weibchen, nein, keinesfalls – ebenfalls eine Klammer darum.

Jetzt kam »Sebastian Birnbaum«. Elena zögerte. Sie hatte ihn ursprünglich wegstreichen wollen. Aber nein, sie konnte ihn nicht mehr ausschließen. Er hatte in den letzten Tagen gezeigt, dass er auch eine unangenehme Seite hatte. Und als Staatsanwalt verfügte er natürlich potenziell über Kontakte in kriminelle Kreise, unter Umständen auch zu Bombenlegern – nein, eine Klammer bei ihm, das war nach momentaner Sachlage nicht möglich, auch wenn sie es sich noch so sehr wünschte.

Und nun kam der Name eines weiteren Freundes auf die Verdächtigenliste: »Dieter Munsch«. Dahinter vermerkte Elena: »Bomben in der Garage, Kontakt zum Fremdenlegionär«. Hätte sie geahnt, was dieser Fall an Abgründen in ihrem persönlichen Umfeld zutage fördern würde, sie hätte lieber davon abgesehen, ihn zu übernehmen.

Sie trat einen Schritt zurück. Sebastian und Dieter. Traute sie einem von beiden wirklich den Mord an zwölf Menschen inklusive des Mordversuchs an ihrem ehemals besten Freund zu? Alles in ihr sträubte sich gegen den Verdacht, bei Dieter Munsch noch mehr als bei Sebastian. Der hatte nämlich schon immer dazu geneigt, Dinge unüberlegt aus Emotionalitäten heraus zu tun. Und er hatte von jeher gern über die Stränge geschlagen. Vielleicht war diese Verhaltensweise ja im Laufe der Jahre immer extremer geworden?

Dieter dagegen war ruhig und zögerlich, schmückte sich gerne mit attraktiven Damen an seiner Seite, die zu ihm aufschauten und ihn bewunderten. Einer wie er heuerte keinen Bombenleger an, davon war sie überzeugt. Trotzdem saß er jetzt in Untersuchungshaft, wie Fricke ihr gerade berichtet hatte. Denn der war überzeugt von Dieters Schuld. Und er hatte eigentlich immer den richtigen Riecher. Andererseits kannte er Munsch nicht so gut wie sie – möglich, dass er sich diesmal irrte. Oder ob er gerade deshalb richtiglag, weil er die nötige Distanz besaß, die ihr diesmal fehlte?

Elena biss sich auf die Lippe. Sie war unsicher. Gerne würde sie mit Fricke darüber diskutieren. Aber wahrscheinlich würde er ihr dann nur wieder vorwerfen, sie höre viel zu sehr auf ihr »Bauchgefühl«.

Die dritte Bubble war die offene Denkblase mit dem Fragezeichen. Sie wusste jetzt, wie sie sie beschriften musste: »Fremdenlegionär«. Dahinter setzte sie ein Fragezeichen.

Außer einer Personenbeschreibung und einem Foto hatten sie immer noch nichts von ihm. Ungewöhnlich, meist genügte das bereits für die Feststellung des Namens. Im Umfeld der Fremdenlegion aber war das nicht so einfach. Decknamen und Schutzräume waren hier an der Tagesordnung und erschwerten die Identifizierung des Verdächtigen.

Wieder trat sie vom Flipchart zurück. Eigentlich müsste sie zufrieden sein mit dem, was sie bisher hatten. Der erste Verdächtige saß in U-Haft. Das war normalerweise der Zeitpunkt, zu dem sie begann, die Unterlagen zu sortieren und sich auf den Prozess vorzubereiten. Aber diesmal war sie noch nicht so weit. Irgendetwas passte hier nicht zusammen.

KAPITEL 26

Fricke fuhr in Windeseile vom Gericht zur Kripo in der Blumenstraße. Auf dem Knooper Weg blitzte es und er wusste, dass da wieder ein Knöllchen ins Haus flattern würde. Es war ihm egal. Er wollte so schnell wie möglich Dieter Munsch verhören und hoffte, es würde ein Geständnis dabei herauskommen. Dann wäre der Fall gelöst, das BKA würde sich den Bombenleger krallen und er könnte wieder zurück nach Eckernförde. Davor würde er noch reinen Tisch mit Elena machen, um ein für alle Mal zu klären, ob eine Beziehung mit ihr möglich wäre oder nicht. Er wollte dieses Hin und Her nicht mehr, er brauchte Klarheit – wie auch immer die aussehen würde.

Es war fast 19 Uhr, als Fricke das ihm zugewiesene Büro im Präsidium betrat. Oppermann saß immer noch vor dem Computer und arbeitete.

»Was gibt es Neues?«, fragte Fricke, zog seine Jacke aus und schmiss sie auf den Besucherstuhl, der neben der Garderobe stand.

Oppermann erzählte, dass er mit dem Rechner aus der Kanzlei bei Schönborn gewesen war, der darauf die Fälle der letzten zwei Jahre durchgegangen sei. Ihm wollte der Name von Dieter Munschs Mandanten einfach nicht einfallen, aber er wusste, dass er ihn wiedererkennen würde, wenn er ihn las. Schließlich hatte er ihn gefunden.

»Andras Babic. Ein Kroate. Mehrere Verfahren liefen gegen ihn. Nötigung, Verstöße gegen das Betäubungsmittelgesetz und Körperverletzung. Was aber von großem Interesse ist: In der Datei steht, dass Babic ein Ex-Fremdenlegionär ist. Er wurde unehrenhaft entlassen. Der Grund dafür war nicht angegeben. Und jetzt sehen Sie mal«, erläuterte Oppermann und gab Babics Namen in die Verbrecherdatei des LKA ein. Auf dem Monitor erschien das Symbol von Interpol mit dem Hinweis, dass die Kartei gesperrt sei. »Wir kommen nicht an ihn ran«, erklärte Oppermann.

Fricke winkte ab: »Lassen Sie gut sein, Oppermann. Wir haben Munsch. Sollen sich andere um Babic kümmern. Im besten Fall gesteht Munsch gleich und wir können den Fall abschließen. Aber geben Sie vorsichtshalber auch alle anderen im Fall auftauchenden Namen ins System ein. Vielleicht findet sich noch irgendetwas«, wies er an.

Oppermann nickte. »Die Berichte sind auch schon geschrieben«, verkündete er.

Fricke war begeistert. Das, was er am meisten hasste, wurde ihm nun abgenommen. »Dafür gebe ich Ihnen morgen einen aus«, versprach er und verließ das Büro in Richtung Vernehmungszimmer.

Fricke musste nicht lange warten, da er Munsch gleich bei seinem Eintreffen im Präsidium in den Verhörraum beordert hatte. Kurz nachdem er selbst das Zimmer betreten hatte, ging die Tür ging auf und Dieter Munsch wurde hereingeführt. Er war blond, muskulös und etwa 1,80 groß, aber er wirkte gebrochen. Unsicher setzte er sich Fricke gegenüber, der sich ihm vorstellte und kurz erläuterte, warum er hier war.

»Das ist doch nicht Ihr Ernst«, sagte Munsch verzweifelt. »Ich bin doch kein Bombenleger und töte zwölf Leute!« Fast flehend sah er Fricke an.

»Ich glaube auch gar nicht, dass Sie eine Bombe gebaut und am Bus in der Tiefgarage der Kanzlei platziert haben«, antwortete Fricke.

Munsch wirkte erstaunt: »Und warum haben Sie mich dann festgenommen?«

»Weil ich glaube, dass Sie den Auftrag dazu gegeben haben«, antwortete Fricke und sah Munsch forschend ins Gesicht.

Er saß dem Verdächtigen direkt gegenüber. Zwischen ihnen befand sich kein Tisch. Fricke hatte darauf bestanden, dass er entfernt wurde. Wie immer wollte er die Körpersprache des Verdächtigen genau beobachten können. Munsch sollte keine Möglichkeit haben, seine Hände unter dem Tisch zu verbergen. Doch überraschenderweise reagierte Munsch nicht nervös. Seine Hände lagen, seit ihm die Handschellen entfernt worden waren, ruhig auf seinen Beinen.

»Ich soll was?«, fragte Munsch in einem Ton, der Fricke signalisieren sollte: Sie sind doch komplett verrückt.

»Sie haben mich schon verstanden, Herr Munsch. Ich frage Sie: Haben Sie Andras Babic beauftragt, eine Bombe zu bauen und damit den Kleinbus, den die Kanzlei Bartelsen & Partner für ihren Betriebsausflug angemietet hatte, in die Luft zu sprengen?«

Munsch sah Fricke wortlos an. Man konnte ihm ansehen, dass er nachdachte. Dann plötzlich beugte er sich vor: »Babic? Ich kenne den Namen. Ich war sein Anwalt, als ich noch in der Kanzlei tätig war. Er hat also den Bus in die Luft gejagt?«

»Das fragen Sie mich?«

»Ja, natürlich. Denn ich kenne die Antwort nicht. Hören Sie: Ich war sein Anwalt, habe ihn verteidigt und den Prozess gewonnen. Kurz danach bin ich aus der Kanzlei ausgetreten und habe diesen Mann nie wiedergesehen.«

Fricke glaubte Munsch. Nichts an ihm, weder der Tonfall noch die Gesten oder sein Blick, ließen darauf schließen, dass er nervös war, log oder schauspielerte. Dennoch musste Munsch etwas damit zu tun haben. Wer sonst? Von allen anfangs Verdächtigen war inzwischen keiner mehr übrig, bei dem alles so gut zusammenpasste wie bei ihm.

»Babic war heute Morgen vor oder sogar in Ihrem Haus, Herr Munsch«, versuchte Fricke, sein Gegenüber doch noch aus der Reserve zu locken. Er hoffte, der Mann würde eine verräterische Bewegung machen, anfangen zu schwitzen oder letztlich doch einknicken und ein Geständnis ablegen. Aber er tat es nicht.

»Bei mir? Das kann nicht sein. Ich war heute Vormittag zu Hause, da hätte ich ihn gesehen«, antwortete Munsch.

»Und warum haben wir elektronische Bauteile in Ihrer Garage gefunden? Ist es nicht so, dass Babic dort seine Bombe gebaut hat?«

Munsch schüttelte den Kopf: »Ganz sicher nicht. Ich weiß nicht, was da für Elektronikzeug bei mir herumliegen soll, aber ganz sicher wurde in unserer Garage keine Bombe gebaut. Warum denn auch?«

»Herr Munsch, Sie haben ein Motiv. Wir haben recherchiert: Die Kanzlei hat Sie an den Rand des Bankrotts gebracht!«

»Ja, das hat sie. Ich bin insolvent. Aber deshalb töte ich doch niemanden, das würden Sie doch auch nicht tun! Sie müssen mir glauben!« Wieder hatte er diesen flehenden Blick aufgesetzt.

»Herr Munsch. Wir haben eine gemeinsame Bekannte, Frau Karinoglous«, sagte Fricke und beobachtete, wie Munsch den Kopf schief legte.

»Elena, ich weiß, die Staatsanwältin.«

»Ja, sie ist sogar die leitende Staatsanwältin in diesem Fall.«

Gerade fiel Fricke ein, dass Munsch das bereits wusste. Elena hatte ja schon mit ihm geredet, obwohl er das eigentlich nicht gewollt hatte.

Munschs Miene hellte sich auf: »Dann fragen Sie Elena doch! Sie wird Ihnen schon sagen, dass ich niemals jemanden umbringen könnte.«

»Das habe ich bereits getan, und genau das hat sie mir gesagt. Meistens glaube ich ihr auch«, Fricke machte eine kleine Kunstpause, »was aber die Tatsachen nicht beiseiteschafft, Herr Munsch. Vom Glauben haben wir nicht viel. Fakt ist: Sie hatten ein Motiv, Sie kannten Babic, er wurde sogar bei Ihrem Haus gesehen, und in Ihrer Garage befinden sich Elektronikbauteile, die derzeit noch untersucht werden«, zählte Fricke auf.

»Und doch habe ich nichts damit zu tun«, beharrte Munsch.

So ungern er sich das eingestand, aber Fricke war inzwischen selbst dieser Meinung. Dennoch konnte er die Fakten nicht einfach übergehen.

»Eine Frage noch, Herr Munsch«, sagte er, ohne sich seine aufkommende Unsicherheit anmerken zu lassen. »Sie hatten doch inzwischen genügend Zeit, um einen Anwalt hinzuzuziehen. Warum haben Sie es nicht getan? Der Kollege hat Ihnen doch Ihre Rechte erklärt.«

»Wie Sie wissen, bin ich selbst Anwalt. Und ich kenne meine Rechte. Aber bis zum jetzigen Zeitpunkt habe ich es schlicht nicht für nötig gehalten, einen Anwalt einzuschalten. Ich dachte, das Missverständnis meiner Festnahme klärt sich nach dem Gespräch mit Ihnen ganz schnell auf. Offensichtlich habe ich mich geirrt und werde daher nun tatsächlich einen Rechtsbeistand hinzuziehen, der mich ganz schnell hier rausholt, das kann ich Ihnen versichern. Sie verschwenden Ihre Zeit mit mir. Sie sollten sie lieber nutzen, um da draußen den wirklichen Auftraggeber zu suchen und zu finden.« Munsch hatte sich regelrecht in Rage geredet und lehnte sich nun trotzig zurück und verschränkte die Arme vor der Brust.

Fricke nickte und erhob sich. »Vielen Dank, Herr Munsch. Ich werde Sie nun zurück in Ihre Zelle bringen lassen.« Er rief den Uniformierten herein, der vor der Tür gewartet hatte, und verließ anschließend den Raum.

»Haben Sie was gefunden?«, fragte er, nachdem er in sein Büro zurückgekehrt war und Oppermann dort immer noch vor dem Computer sitzen sah.

»Nichts. Neuhaus hat angerufen und mich zu sich gebeten. Er ist gerade aus Frankreich wiedergekommen«, antwortete Oppermann, indem er von seinem Bildschirm aufblickte.

»Neuhaus? Weiß er was?«

»Anscheinend. Morgen gegen 12 Uhr bin ich bei ihm. Was ist mit Munsch?«

Fricke berichtete in knappen Worten, was das Verhör ergeben hatte. »Er wirkte glaubwürdig und ich habe so meine Zweifel daran, dass er den Anschlag in Auftrag gegeben hat. Trotzdem muss ich ihn weiter in Untersuchungshaft belassen, die Indizien sprechen momentan einfach gegen ihn.« Nachdenklich fuhr er sich durch die Haare. »Ich bin noch zum Essen verabredet«, sagte er dann. »Und Sie sollten auch Schluss machen für heute. Kommen Sie, ich nehme Sie mit ins Hotel.« Damit schnappte er sich seine Jacke vom Stuhl und wartete an der Tür darauf, dass Oppermann ihm folgte.

KAPITEL 27

Dienstag, Atlantic Hotel Kiel, 21 Uhr

Fricke hatte ein ordentlich gebügeltes Hemd angezogen und betrat um kurz vor neun das Hotel-Restaurant. Elena saß bereits an einem der vielen Tische und winkte ihm zu.

»Guten Abend«, begrüßte Fricke sie, zog den Stuhl ihr gegenüber zurück und setzte sich.

Der Kellner kam, um seine Getränkebestellung aufzunehmen.

»Das Gleiche, bitte.« Fricke zeigte auf das Glas, das vor Elena stand.

Der Kellner verschwand, und Elena sah Fricke ungläubig an: »Äh, das ist kein Traubensaft oder gefärbtes Bier in einem Weinglas. Das ist Rotwein«, lächelte sie.

»Seit wann ist es ein Problem, dass ich Wein trinke?«

»Nein, kein Problem, natürlich nicht.« Elena winkte ab. »Magst du mir erzählen, wie das Verhör mit Dieter lief?«

Dieter? Fricke verdrehte innerlich die Augen. Dieser Fall war zu viel für ihn. Er wusste nicht, was ihm daran mehr zu schaffen machte – dass zwölf Menschen mit einer Bombe in die Luft gejagt worden waren oder dass Elena scheinbar mit jedem der Verdächtigen per Du war.

Er atmete tief durch, bevor er antwortete. »Ich kann mir nicht helfen. Eigentlich spricht alles dafür, dass er den Anschlag in Auftrag gegeben hat, dennoch habe ich nach dem Gespräch mit ihm meine Zweifel. Er macht einfach nicht den Eindruck, als hätte er das Zeug zu so einer Tat«, antwortete er.

»Ich weiß, was du meinst. Auch wenn du es nicht hören willst, aber ich kann mir auch nicht vorstellen, dass er etwas damit zu tun hat.«

»Das Problem ist, dass ich keinen anderen Verdächtigen habe, bei dem es ähnlich viele Indizien gibt«, gestand er ein.

»Das habe ich heute auch schon festgestellt, als ich unser Flipchart studiert habe«, bestätigte Elena.

»Und wenn es doch dein Fragezeichen ist?« Ein spöttisches Lächeln lag auf seinen Lippen.

»Jemand aus dem Umfeld von Dieter?«

»Da fällt mir als Erstes seine Frau ein. Bedroht von der Zerstörung ihrer Existenz?«, überlegte er laut.

Elena schüttelte den Kopf. »Erscheint mir unwahrscheinlich. Bomben sind eher Männersache. Frauen nehmen bei ihren Taten typischerweise nicht so viele unschuldige Opfer in Kauf.«

Eine Weile hingen beide ihren Gedanken nach.

»Oppermann hat morgen übrigens einen Termin bei Neuhaus«, berichtete Fricke in die Stille hinein.

»Ach ja? Hat er Informationen?«, fragte Elena erstaunt.

»Anscheinend ja. Wir werden es morgen erfahren«, entgegnete Fricke und blätterte die Speisekarte durch.

Als der Kellner den Wein brachte, bestellte Elena ein Kalbsfilet und einen Salat.

Fricke legte die Speisekarte beiseite. »Ich nehme das Gleiche«, lächelte er.

Elena wartete, bis der Kellner sich wieder entfernt hatte, dann beugte sie sich zu Fricke über den Tisch. »Sven?«, fragte sie.

»Ja?«

»Könntest du dir vorstellen, es noch einmal mit mir zu versuchen? Nach diesem Fall?«

Fricke war einigermaßen überrascht von diesem unerwarteten Vorstoß. Als er schon zu einer Erwiderung ansetzen wollte, hielt ihn das Klingeln seines Handys davon ab. Er hob entschuldigend die Hand, zog das Telefon aus der Hosentasche und meldete sich. Das Display hatte ihm bereits verraten, dass es sich um einen unbekannten Anrufer handelte.

»Guten Abend, Bulle«, tönte es heiser durch die Leitung.

»Wer ist da?«, fragte Fricke irritiert.

»Ich geb dir einen Hinweis: Schicken BMW hast du. Ich hoffe, du musstest die Reifen nichts selbst bezahlen.«

»Babic!« Sein Ausruf war wohl etwas zu laut gewesen, denn die umsitzenden Menschen drehten sich nach Fricke um.

»Richtig geraten«, höhnte der Anrufer.

Der Kommissar mäßigte seine Stimme etwas. »Was gibt es? Wollen Sie sich stellen? Nur zu gerne. Ich komme Sie abholen. Sagen Sie mir einfach, wo Sie sind.«

Babic lachte auf. »Ach, Bulle. Eigentlich könntest du ja deine Kollegen vom BKA fragen, die mich seit Ewigkeiten versuchen zu beschatten. Aber was soll ich dir sagen? Sie stellen sich so dilettantisch an, dass es mir nicht mal mehr Spaß macht, mit ihnen Verstecken zu spielen. Nein, deshalb rufe ich nicht an.«

»Sondern? Wollen Sie mir Ihren Auftraggeber nennen? Munsch – wir wissen es bereits.«

»Tatsächlich? Na, wenn du schon gefunden hast, wonach du suchst, dann kannst du mich ja in Ruhe lassen und brauchst nicht mehr mit meinem Foto in der Gegend herumzulaufen.«

»Also war es Munsch?«, hakte Fricke nach.

»Bulle, hör mir zu. Ich will, dass du mich zufriedenlässt. Ganz einfach. Die Jungs vom BKA habe ich im Griff, aber es gefällt mir nicht, wenn du mit meinem Bild Werbung machst. Ich sag es dir im Guten: Ich brauche noch zwei, höchstens drei Tage, dann bin ich aus deinem Land verschwunden. Tu uns beiden den Gefallen und gib solange Ruhe. Danach kannst du hier tun, was du willst«, drang es durch die Leitung.

»Und Sie denken wirklich, ich füge mich diesem Unsinn? Ich finde Ihren Auftraggeber und ich finde auch Sie, und dann sind Sie es, der ein für alle Mal Ruhe gibt«, schnaubte Fricke.

»Was ich dir zu sagen hatte, habe ich gesagt. Was du draus machst, ist deine Sache. Die Mühe, meinen Anruf zurückverfolgen zu lassen, kannst du dir übrigens sparen: Ich benutze ein Satellitentelefon, und man wird dir mitteilen, dass ich in Kuba bin«, höhnte der Mann am anderen Ende der Leitung. »Und nun genieß dein Abendessen mit der rassigen Schönheit und denk an meine Worte.« Damit legte er auf.

Fricke sah sich hektisch nach allen Seiten um. Woher wusste Babic, was er gerade tat und mit wem? Alarmiert sprang er auf und rannte aus dem Lokal hinaus bis vor das Hotel. Die Hauptstraße, die hier entlangführte, war zu befahren, um jetzt noch Babics Mustang darauf auszumachen, zumal in der Dunkelheit. Wütend stapfte er zurück ins Restaurant, setzte sich wieder an den Tisch und berichtete Elena in knappen Worten von dem Gespräch mit Babic. »Ich werde dich unter Polizeischutz stellen lassen, sicher ist sicher«, erklärte er.

»Aber dann nur von dir höchstpersönlich«, versuchte sie, die Situation aufzulockern. Dass sie tatsächlich Angst hatte, wollte sie nicht zeigen. Sie wusste allerdings, dass Sven es ihr sowieso anmerkte.

In der folgenden halben Stunde widmeten sich beide ihrem Filet und sprachen nur wenig miteinander. Auch Elenas Frage nach ihrer gemeinsamen Zukunft blieb weiter unbeantwortet, und sie fragte nicht noch mal danach. Sie wusste, dass Sven jetzt andere Sorgen hatte.

Als sie ihre Mahlzeit beendet hatten, bezahlte Elena die Rechnung mit ihrer Kreditkarte und schlenderte neben Fricke her zum Aufzug. Oben angekommen, begleitete er sie bis vor ihre Zimmertür.

»Wie weit geht denn dein Polizeischutz?«, fragte sie und sah ihm kokett in die Augen.

Fricke antwortete nicht. Stattdessen nahm er ihren Kopf zwischen seine Hände und küsste sie.

»So gerne ich die Nacht mit dir verbringen würde, Elena … Ich denke, momentan ist es besser, wenn wir etwas auf Abstand gehen. Falls Babic uns weiter beobachtet, soll er nicht den Eindruck bekommen, dass du mir etwas bedeutest, das macht dich nur zur Zielscheibe für ihn.«

»Babic wird wohl kaum in meinem Zimmer auf uns warten«, lächelte sie.

»Ich weiß, Elena, aber ich kann jetzt einfach nicht. Ich bin zu angespannt und muss nachdenken. Verstehst du das? Bitte lass uns warten, bis wir den Fall abgeschlossen haben.«

Elena nickte und hauchte ihm nun ihrerseits einen Kuss auf die Lippen.

»Ja, wir warten. Bis nach dem Fall. Aber dann ...« Sie beendete den Satz nicht, sondern strich ihm noch einmal über die Wange und verschwand in ihrem Zimmer.

Fricke blieb noch einige Sekunden vor ihrer Tür stehen und machte sich dann auf den Weg in sein eigenes Zimmer. Dort schlief Oppermann bereits, als er eintrat. Er zog sich leise aus und legte sich ins Bett. In dieser Nacht fand er kaum Schlaf. Seine Gedanken fuhren Achterbahn.

KAPITEL 28

Mittwoch, Landgericht Kiel, 11 Uhr

Elena hatte sämtliche Fallunterlagen vor sich liegen und blätterte sie noch mal durch. Sie musste alle Fakten parat haben für die Pressekonferenz. Das würde mit Sicherheit nicht einfach werden. Als sie die Personalien durchsah, blieb sie bei Susanne Winter hängen.

Ein weiteres Blatt war dort angetackert. Bestimmt hatte die aufmerksame Frau Maibaum es hinzugefügt. Elena studierte den Text. Er enthielt die Beschreibung eines Raubüberfalls in einer Villa in Düsternbrook. Schmuck, Wertgegenstände und über 50.000 Euro Bargeld waren erbeutet worden. Offensichtlich war der Herr des Hauses, Bernd Winter, in der Nacht durch Geräusche geweckt und mit einem schallgedämpften Schuss niedergestreckt worden, als er ins Erdgeschoss kam, um nachzusehen. Er war sofort tot gewesen. Seine Ehefrau Susanne hatte dies erst am späten Morgen bemerkt.

Der Vorfall ereignete sich etwa ein halbes Jahr, bevor Elena Susanne Winter das erste Mal bei Markus getroffen hatte. Da hatte die Witwe ja nicht lange um ihren verstorbenen Ehemann getrauert – und nun stand das Leben ihres neuen Verlobten schon wieder auf der Kippe.

Elena blickte auf. Das konnte doch nicht wahr sein. Sollte das wirklich bloß Zufall sein? Gehetzt sah sie auf ihre Armbanduhr. Sie hatte nur noch fünf Minuten Zeit, um sich auf die Pressekonferenz vorzubereiten, aber sie musste das jetzt unbedingt noch zu Ende lesen.

Ein Nachbar hatte eine Personenbeschreibung abgegeben. Er hatte nachts eine Zigarette am Fenster geraucht und dabei den Eindringling beobachtet, ihn allerdings eher für den heimlichen Geliebten der Hausherrin gehalten als für einen Einbrecher. Die Beschreibung lautete auf einen muskulösen Mann, etwa 1,80 groß, mit Glatze.

Noch zwei Minuten.

Elena hatte eine Idee. Sie kramte in den Unterlagen und zog das Foto von Babic heraus: etwa 1,80 Meter, muskulös, blond. Bis auf die Glatze könnte es passen.

Sie raffte die Unterlagen zusammen und eilte im Laufschritt zum Versammlungsraum, in dem die Pressekonferenz stattfinden sollte. Hoffentlich konnte sie das zuvor noch Fricke zeigen.

Der saß bereits vorne am Tisch und sah gelangweilt zu, wie sich die Pressefotografen und Journalisten einfanden. Es hatte Elena einige Mühe und zuletzt sogar einen kleinen Hinweis auf die Dienstvorschriften gekostet, bis er überhaupt bereit gewesen war, hier zu erscheinen. Aber sie brauchte ihn bei dieser Veranstaltung. Er kannte einige Details, die sie nicht wusste. Sie hatten sich überhaupt viel zu wenig ausgetauscht bisher.

»Lies das mal schnell durch«, sagte sie und schob ihm den Bericht von dem Raubüberfall hin.

»Einen wunderschönen guten Morgen, Frau Staatsanwältin! Wo ist Ihre Vorliebe für Höflichkeitsformen geblieben?«, zog Fricke sie auf.

»Ja, ja, schon gut. Lies das mal bitte schnell, bevor es losgeht«, drängte sie ihn.

Er überflog den Text und sah dann nachdenklich zu ihr auf.

»Nadine Ellermann hat mir gestern gesagt, dass Markus Susanne für sie verlassen wollte. Das könnte ein Motiv sein!«, erklärte Elena aufgeregt.

Bevor Fricke antworten konnte, eröffnete Abraham mit einer kleinen Ansprache die Pressekonferenz.

»Meine Damen und Herren, wie Sie bereits wissen, hatten wir ein Bombenattentat in Kiel, das zwölf Menschenleben gefordert hat. Zuständige Staatsanwältin ist Frau Elena Karinoglous, ermittelnder Hauptkommissar Sven Fricke.« Er übergab das Wort mit einer Geste an Elena, die inzwischen neben Fricke Platz genommen hatte.

»Im Folgenden möchte ich Sie über den Stand der Ermittlungen informieren. Das Attentat richtete sich gegen einen Kleinbus, in dem, bis auf den Fahrer, ausschließlich Mitarbeiter der Anwaltskanzlei Bartelsen & Partner saßen, um zu einem gemeinsamen Betriebsausflug aufzubrechen. Die Bombe war ein hochkomplex gebauter Sprengkörper, ein sogenannter IC-Sprengsatz mit einer integrierten Kombinationsschaltung, der erst zündete, als der Bus weitgehend mit Menschen besetzt und die Türen geschlossen waren. Wer solche Bomben baut, muss ein Profi sein. Wie Sie sich vorstellen können, ist das ein erfolgversprechender Ansatz für unsere Ermittlungen.«

Elena fing einen grimmigen Seitenblick von Fricke auf. Alles klar, er fand schon wieder, dass sie zu viel Informationen preisgab. Aber mit manchem musste man die Presse füttern, damit die nicht auf eigene Faust falsche Informationen recherchierte. Sie nickte ihm kurz zu und er verzog grinsend den Mund. Insofern verstanden sie sich völlig ohne Worte. Jeder wusste genau, was der andere dachte und wie er bevorzugte, vorzugehen.

»Es sind aber nicht nur zwölf Opfer, ein weiterer Mann liegt im Koma!«, unterbrach ein Zwischenrufer.

»Das ist richtig«, bestätigte Elena. »Einer der Anwälte war noch nicht eingestiegen, als die Zündung der Bombe ausgelöst wurde. Er wurde von herumfliegenden Karosserieteilen getroffen und schwebt in Lebensgefahr.«

»Ist das nicht höchst verdächtig?«, setzte der vorlaute Zwischenrufer nach.

Elena sah ihn scharf an. Ein junger Reporter, der wohl glaubte, sich profilieren zu müssen.

»Zum einen bitte ich Sie, mich zuerst meinen vollständigen Bericht über den Sachstand zu Ende bringen zu lassen, bevor wir zu den Fragen kommen. Das ist die übliche und durchaus sinnvolle Praxis bei Pressekonferenzen, falls Ihnen das nicht bekannt sein sollte.«

Der Schlag hatte gesessen, das sah sie dem Burschen an.

»Zum anderen möchte ich Sie im Sinne eines seriösen Journalismus dringend davor warnen, voreilige Schlüsse zu ziehen oder gar konkrete Verdächtige zu benennen. Das halte ich für grob fahrlässig.«

Sie sah, wie der junge Mann sich missmutig zurücklehnte und die Arme verschränkte.

Fricke machte mal wieder seine wedelnde Handbewegung unter dem Tisch. Halt den Ball flach, Elena!, sollte das heißen. Klar, sie konnten keine Feinde unter den Journalisten gebrauchen. Also fügte sie in versöhnlicherem Ton hinzu: »Aber ich werde die Pressekonferenz nicht vorzeitig abbrechen und anschließend an meine Ausführungen gerne für alle Ihre Fragen zur Verfügung stehen.«

Sie sah kurz auf ihre Notizen, bevor sie fortfuhr.

»Die Kanzlei Bartelsen ist eine große und renommierte Kanzlei, die im letzten Jahr unter anderem einige sehr schwerwiegende Fälle übernommen hat. Genau in diese Richtung ermitteln wir. Wie schon gesagt, ist der Täter sehr professionell vorgegangen. Wir überprüfen daher auch mögliche Spuren in die organisierte Kriminalität.«

Sie sah, dass Fricke schon wieder seine Stirn runzelte. Mensch, Sven, eine Pressekonferenz ist dazu da, um die Öffentlichkeit zu informieren, nicht um nichts zu sagen, versuchte sie, ihm mit ihrem Blick zu verstehen zu geben.

»Wir überprüfen derzeit alle Insassen des Busses und verfolgen bei jedem einzelnen mögliche Motive für einen Mord«, wandte sie sich wieder den Journalisten zu. »Erste Hinweise sind bereits sehr vielversprechend. Das ist alles, was ich Ihnen zum derzeitigen Ermittlungsstand sagen kann.«

Fricke atmete neben ihr hörbar auf. Jedes Wort von ihr schien ihn in immer größere Unruhe versetzt zu haben.

»Jetzt beantworten Hauptkommissar Fricke und ich gerne Ihre Fragen.«

Erneut stand der junge Journalist auf. Was wollte er denn jetzt schon wieder?

»Warum sind Sie die zuständige Staatsanwältin?«

Elena zögerte kurz. Was sollte sie darauf sagen? Wusste er um ihre persönlichen Verflechtungen in dieser Angelegenheit? Das wäre verdammt schlecht. Auch Fricke schien den Atem anzuhalten.

In dem Moment ergriff Abraham das Wort. »Ich wundere mich etwas über diese Frage. Es ist das erste Mal, dass wir es in Kiel mit einem Bombenattentat zu tun haben. Dass ich dafür eine unserer kompetentesten und erfolgreichsten Staatsanwältinnen einsetze – Frau Karinoglous –, ist wohl selbstverständlich. Sie hat all ihre Prozesse mit viel Feingefühl und Konsequenz geführt und sich damit die Anerkennung vieler Juristen in ganz Deutschland verdient. Sie ist die erste Wahl für diesen Fall gewesen und ich bin ihr sehr dankbar, dass sie ihn übernommen hat.«

Elena war erleichtert und stolz zugleich. Das Lob aus Abrahams Mund tat gut.

»Das glaube ich nicht!« Der Typ hatte sich von dieser Antwort scheinbar nicht beeindrucken lassen.

Mist, hoffentlich kam jetzt nichts Privates auf den Tisch. Das konnte sich zu einem handfesten Skandal auswachsen. Elena sah, wie Fricke neben ihr sein Gesicht bereits verzweifelt in die Hände stützte.

»Einer Ihrer letzten Fälle war der gegen die italienische Mafia. Deswegen sind Sie hier, da steckt die Verbindung! Oder?«

Elena atmete innerlich aus. Okay, daher wehte der Wind. Nicht so schlimm wie ihre privaten Verwicklungen, aber auch eine gefährliche Fährte. Sehr gefährlich. Die Mafia wollte auf keinen Fall in der Zeitung stehen.

Wenn das passierte, drohte richtig Ärger. In Verbindung mit ihrem Namen würde der sich unweigerlich auch gegen sie richten.

»Bei einem Bombenattentat mafiöse Hintergründe abzuklären, ist durchaus üblich. Zwar verfolgen wir diesbezüglich tatsächlich alles, was sich anbietet, aber derzeit gibt es keine ernsthafte Spur in diese Richtung. Als Ermittler würde ich zu diesem Zeitpunkt eine Beteiligung der Mafia nahezu ausschließen«, brummte Fricke in seiner unnachahmlich lässigen Art ins Mikrofon. Er ließ die Antwort wie eine kleine Nebenbemerkung klingen, aber dennoch hatte sie eine große Wirkung. »Spuren, die in Richtung renommierter, einflussreicher Klienten führen, scheinen derzeit vielversprechender«, fügte er hinzu und legte damit zu Elenas Erleichterung eine andere Fährte.

»Zudem stehen wir noch ganz am Anfang der Untersuchungen. Wir ermitteln derzeit noch in alle Richtungen«, fügte sie der Form halber hinzu.

Ein paar weitere, wenig relevante Fragen mussten sie noch beantworten, dann waren die Journalisten zufriedengestellt.

Elena und Fricke erhoben sich und verließen noch vor den Journalisten den Raum. Auf dem Flur nickte Fricke Elena zu: »War ganz okay.«

»Finde ich auch«, antwortete sie, »es hätte auch schlechter laufen können.«

»Kann trotzdem passieren, dass wir morgen die Schlagzeile lesen: ›Mafiastaatsanwältin ermittelt‹«, grinste er schief, »aber dann können wir eben auch nichts machen.«

Abraham kam ihnen hinterher. »Gut gemacht, meine Herrschaften. Sie halten mich weiter auf dem Laufenden«, klopfte er beiden auf die Schulter, bevor er weitereilte.

Fricke wartete, bis er außer Hörweite war. »Danke, dass du nichts von Munschs Verhaftung gesagt hast. Wäre zwar ganz praktisch gewesen, um die Meute ein wenig ruhigzustellen und nicht den Eindruck zu erwecken, als hätten wir noch keine Erfolge vorzuweisen, aber ich möchte auch vermeiden, dass hinterher zu lesen ist, wir hätten einen Unschuldigen festgenommen.«

Elena lächelte. Sie verstanden sich eben blind.

KAPITEL 29

Mittwoch, Düsternbrook, 12 Uhr

Lars Oppermann war eine halbe Stunde zu früh in Düsternbrook eingetroffen, also nutzte er die Zeit, um mit dem Foto von Andras Babic von Haus zu Haus zu ziehen und zu fragen, ob irgendwer diesen Mann wiedererkannte – allerdings ohne Erfolg.

Pünktlich um 12 Uhr klingelte er schließlich an der Tür des Ehepaars Neuhaus. Julia Neuhaus begrüßte den Beamten freundlich und bat ihn, ihr ins Arbeitszimmer zu folgen, wo der etwa 50-jährige Hausherr hinter einem großen Schreibtisch saß.

Thomas Neuhaus begrüßte Oppermann ebenso freundlich, wie es zuvor seine Frau getan hatte, erhob sich von seinem Schreibtischstuhl und nahm dann mit seinem Gast auf einer ledernen Sitzgruppe Platz, in deren Mitte sich ein kleines Beistelltischchen befand.

»Können wir Ihnen etwas zu trinken anbieten, einen Kaffee vielleicht?«, fragte er höflich.

Oppermann dankte innerlich dem Himmel für das Angebot. Heute Morgen war im Hotel die Kaffeemaschine defekt gewesen und die Mitarbeiter hatten keine andere Wahl gehabt, als für die etwa 50 Gäste Kaffee per Hand zu kochen. Die Brühe hatte grässlich geschmeckt.

»Einen Kaffee nehme ich gerne«, lächelte er daher.

»Für mich auch, Liebling«, wandte Thomas Neuhaus sich an seine Frau, die in der Tür stehen geblieben war. »Bist du so gut?«

Sie nickte und entfernte sich.

»Schön haben Sie's hier«, bemerkte Oppermann, als sie allein waren. Er ließ den Blick über die riesige Bücherwand und die schweren antiken Möbel schweifen. Offenbar konnte man mit dem Vermitteln von Immobilien in Frankreich eine Menge Geld verdienen. An der Wand hinter ihm hingen unzählige Fotos, die verschiedene Landhäuser zeigten. Wie Neuhaus ihm erklärte, waren es jene, die seine Firma vermittelte.

Als die Hausherrin mit dem Kaffee zurückkehrte, stellte Oppermann mit leiser Enttäuschung fest, dass es einer aus dem Automaten war – bestimmt eine dieser modernen Kapselmaschinen. Ein Filterkaffee wäre ihm lieber gewesen, aber den bekam man heutzutage nur noch selten.

»Bitte bleib, Julia«, hielt Thomas Neuhaus seine Frau zurück, als diese das Arbeitszimmer wieder verlassen wollte. »Du hast eigentlich noch viel mehr zu erzählen als ich, was den Kommissar interessiert.«

Julia nickte und ließ sich neben Oppermann auf dem kleinen Ledersofa nieder. Dieser holte seinen Notizblock hervor, überprüfte, ob sein Kugelschreiber noch funktionierte, und sah anschließend Julia Neuhaus fragend an.

Zur gleichen Zeit betrat Fricke gerade sein Büro im Polizeipräsidium. Er schaltete den Computer ein und lehnte sich nachdenklich zurück, während das Betriebssystem hochfuhr. Er hasste Pressekonferenzen, fand aber, dass Elena diese sehr gut gemeistert hatte. In ihrem Büro hatten sie vorhin noch schnell ein erneutes Essen für den heutigen Abend verabredet. Er freute sich schon darauf. Vielleicht würde er sich ja heute erweichen lassen, wenn sie ihn wieder in ihr Zimmer bat …

Nach Abschluss des Falles, hatte er gestern zu ihr gesagt. Eigentlich war es ja schon fast so weit. Munsch war bereits verhaftet, und momentan sprachen alle Indizien für ihn als Auftraggeber des Attentats. Der hinzugerufene Anwalt hatte ihn heute nicht auf freien Fuß bekommen können, was hieß, dass der Richter eine Fluchtgefahr sah. Zu Recht, wie Fricke fand. Eigentlich konnte er zufrieden sein mit dem, was sie hatten – aber dem war nicht so. Irgendetwas störte ihn. Allen voran das zunehmende Gefühl, dass sie mit Munsch den Falschen erwischt hatten.

Fricke rieb sich erschöpft über das Gesicht. Am besten, er sah sich noch einmal alles in Ruhe an, die gesamte Fallakte, die Elena und Oppermann in den Computer eingepflegt hatten. Vielleicht würde sein Partner in diesen Minuten ja auch etwas Wesentliches von Neuhaus erfahren.

Gerade als er seinen Benutzernamen und das Passwort ins System eingeben wollte, klingelte sein Handy. Anrufer unbekannt.

»Fricke«, meldete er sich und ahnte bereits, wer gleich antworten würde.

»Bulle, ich habe dich gewarnt. Was macht dein Kollege schon wieder in Düsternbrook? Ich dachte, ihr habt euren Auftraggeber längst gefunden.« Babics Stimme klang aufgebracht.

»Ist es denn auch der Richtige?«, fragte Fricke.

»Das geht dich nichts an. Ich habe dich gewarnt, mich in Ruhe zu lassen. Kaum einen Tag später geht schon wieder einer von euch mit meinem Bild hausieren. Die Konsequenzen gehen auf deine Kosten, Bulle!«, zischte Babic und legte auf.

Fricke starrte sein Handy an. Was meinte er mit »Konsequenzen«? Auf wen hatte er es abgesehen? Auf Oppermann? Oder Elena? Auf sich selbst konnte Fricke gut genug aufpassen. Aber um die Staatsanwältin machte er sich ernsthafte Sorgen. Sie war bereits in ihrem letzten gemeinsamen Fall beinahe zum Opfer geworden, und er wollte unter keinen Umständen, dass das noch mal passierte. Er sah es als seine persönliche Pflicht an, sie zu beschützen.

Er griff zum Telefon und wählte die Nummer der Bereitschaft. Nachdem er von Babics Drohanrufen berichtet hatte, beorderte er umgehend einen Streifenwagen zur Staatsanwaltschaft, der zum Schutz von Elena Karinoglous dort Wache halten sollte. Anschließend schnappte er sich seine Jacke und verließ hastig das Büro. Der hochgefahrene PC und die Fallakten waren vergessen. So schnell er konnte, machte er sich mit dem ihm zur Verfügung stehenden Passat ebenfalls auf den Weg zum Gericht.

Oppermann verließ das Anwesen von Neuhaus. Er lächelte. Aus gutem Grund. Mit dem, was er soeben von

Julia Neuhaus erfahren hatte, war der Fall praktisch aufgeklärt.

Während er beschwingt zum BMW ging, dessen Reifen inzwischen wieder repariert waren, zog er bereits sein Handy aus der Hosentasche, um diesem seine Erkenntnisse sofort mitzuteilen, doch es war besetzt. Dann würde er seinen Vorgesetzten eben doch erst im Präsidium über die neuesten Entwicklungen informieren.

Er schloss die Autotür auf und schmiss sich gut gelaunt auf den Fahrersitz. Gerade hatte er den Schlüssel ins Zündschloss gesteckt, als sein Telefon auf dem Beifahrersitz einen eingehenden Anruf von Fricke meldete.

»Hey, Kollege«, verschwendete er nicht viel Zeit mit Begrüßungsformeln. Viel zu sehr brannte er darauf, Fricke die frohe Botschaft zu übermitteln. »Halten Sie sich fest: Mein Gespräch mit dem Ehepaar Neuhaus war erfolgreich. Ich weiß jetzt, wer der Auftraggeber ist ...«, berichtete er eifrig, während er gleichzeitig den Zündschlüssel herumdrehte.

Ein ohrenbetäubender Knall zerriss die Stille in Düsternbrook, als der BMW vom Boden abhob und in etlichen Einzelteilen auseinanderflog. Scheiben der umstehenden Autos zersprangen, ihre Alarmanlagen heulten los.

KAPITEL 30

Fricke kam gegen halb zwei im Gerichtsgebäude an. Er hatte noch von unterwegs aus auf der Wache angerufen und einen Streifenwagen nach Düsternbrook geschickt. Es beunruhigte ihn, dass sein Telefonat mit Oppermann vorhin so abrupt unterbrochen worden war und er ihn seitdem nicht mehr erreichen konnte. Vermutlich gab es zwar eine ganz harmlose Erklärung für den Vorfall – womöglich war Oppermanns Akku leer –, aber Babics Anruf hatte Fricke in Alarmbereitschaft versetzt und er wollte nicht schuld sein, dass seinem Kollegen etwas zustieß.

Er betrat das Büro der Staatsanwältin. Eigentlich hatte er mit ihr noch mal über die Sache mit dem Raubüberfall sprechen wollen, bei dem Susanne Winters Mann getötet worden war. Als er aber die Tür hinter sich geschlossen hatte und sie ansah, wollte er plötzlich etwas ganz anderes. Er ging um den Schreibtisch herum auf Elena zu und zog sie erst vom Stuhl hoch und dann fest an sich.

»Gott sei Dank geht es dir gut. Ich habe mir gerade furchtbare Sorgen um dich gemacht. Babic hat wieder angerufen und mir mit Konsequenzen aus unserer Ermittlungsarbeit gedroht. Dabei ist mir schlagartig klar geworden, dass ich dich will. Ganz und gar. Ohne Geheimniskrämerei vor den Kollegen. Ich will dich küssen können, wann immer mir danach ist. Ich will, dass wir auch offiziell dazu stehen, dass wir uns mögen.«

Elena schob ihn ein Stück von sich weg und sah ihm forschend ins Gesicht. »Manchmal werde ich aus dir einfach nicht schlau. Erst weist du mich ab und sagst, dass du mehr Zeit brauchst, und jetzt plötzlich willst du alles auf einmal und dann auch noch offiziell?«

»Du weißt doch ganz genau, was das Problem war. Weil ich Angst vor dem Scheitern hatte, habe ich versucht, auf Abstand zu gehen. Aber das funktioniert nicht. Nicht, wenn du in meiner Nähe bist. Ich will dich, und ich kann nichts dagegen tun.«

Elena legte den Kopf schief. »Ehrlich gesagt glaube ich manchmal, ich könnte mich nackt in dein Bett legen und dir fiele noch etwas ein, was du dringend erledigen musst. So wie gestern Abend.«

»Glaub mir, ich wüsste dann schon ganz genau, was ich zu erledigen hätte.« Er grinste.

»Klingt gut«, erwiderte Elena, und dann küsste er sie, erst zögerlich, dann immer zielstrebiger.

Elena legte zärtlich ihre Arme um seinen Hals und erwiderte den Kuss, während sie sich eng an ihn schmiegte.

Plötzlich öffnete sie die Augen und ließ von ihm ab.

Was war denn jetzt schon wieder? Fricke sah sie verständnislos an. Klar, sie machte wieder einen Rückzieher.

»Sven, das ist es!«, rief sie aufgeregt. »Das war es, was mich die ganze Zeit gestört hat!«

Er kniff die Augen zusammen. Was um Gottes willen hatte sie wohl an ihm die ganze Zeit gestört? Doch nicht etwa das ungebügelte Hemd? Mit dem Thema waren sie doch längst durch.

»Schau mal, Freundinnen umarmen sich normalerweise so«, erklärte sie, legte ihre Hände seitlich auf seine Oberarme und gab ihm dann zwei Küsschen rechts und links auf die Wange.

Er sah sie verwundert an. Was sollte das?

»Aber wenn man verliebt ist«, sie lächelte ihn an, »so wie ich, dann schlingt man seine Arme um den Hals des anderen, so!«

Er hatte keine Ahnung, worauf sie hinauswollte, aber wenn er sich nicht verhört hatte, hatte sie ihm gerade beiläufig ihre Liebe gestanden. Sie sei verliebt, hatte sie gesagt.

Er küsste sie noch mal, was sie sich gerne gefallen ließ. Dann drückte sie ihn erneut von sich.

»Verstehst du?«, fragte sie ihn.

Nein, er verstand nichts. Was sollte dieses Gefasel von Umarmungen? Sie hatten sich endlich gefunden, und allein das war es, was jetzt zählte. Musste sie denn immer aus allem eine Wissenschaft machen? Sie war schon wieder auf dem besten Wege, die Stimmung zwischen ihnen kaputtzumachen. Konnte sie nicht einfach mal den Moment genießen?

»So haben sich Karin Munsch und Susanne Winter begrüßt«, half sie ihm auf die Sprünge. »Susanne hat ihre Arme genau so um Karin gelegt, an dem Abend, als ich da war. Klingelt's jetzt bei dir?«

»Nein«, brummte er, zog sie wieder an sich und ließ seine Hände langsam den Rücken entlang zu ihrem Po wandern.

Elena befreite sich erneut aus seiner Umarmung. »Und die hat ihr die Tränen aus dem Gesicht gewischt. – Sven, wenn du mich fragst, sind die mehr als nur Freundinnen. Verstehst du?«

Langsam drang die Erkenntnis zu ihm durch. »Du meinst, die haben was miteinander?«

»Ja, meine ich. Das war es, was mich die ganze Zeit irritiert hat an den beiden: Zwischen ihnen herrschte eine andere Atmosphäre als sonst zwischen Freundinnen – von denen ich übrigens sehr wohl welche habe!«

Fricke schaute schuldbewusst. Sein Spruch diesbezüglich war wirklich nicht nötig gewesen.

Elena fuhr fort: »Jetzt kann ich es auch benennen, es war eine unterschwellige Erotik zu spüren gewesen.« Sie griff sich an die Stirn. »Ich hätte es gleich kapieren müssen. Hätte ich nur mehr auf mein Bauchgefühl gehört!«

»Okay, auch wenn ich jetzt viel lieber der unterschwelligen Erotik zwischen *uns* auf den Grund gehen würde«, seufzte Fricke, »lass doch mal hören, was das Verhältnis zwischen den beiden Frauen in deinen Augen für unseren Fall bedeutet.«

Sie lächelte ihn an, dankbar, dass er ihre Überlegungen ernst nahm. »Wenn es stimmt, dass die beiden mehr verbindet als Freundschaft, dass sie womöglich ein Paar sind, dann ist es vielleicht gar nicht Dieter, der …«

»Du hast recht«, fiel er ihr ins Wort, als er begriff, »dann könnte es den beiden Frauen eventuell gar nicht in den Kram passen, dass es Susannes Verlobtem besser geht!«

»Genau«, fuhr Elena fort, »dann besteht für Markus akute Lebensgefahr. Denk nur an Susanne Winter ersten Mann!«

Fricke stöhnte. »Also, schnell zur Winter. Wir müssen sie beschatten.«

Elena nickte.

KAPITEL 31

Mittwoch, vor dem Landgericht Kiel, 14 Uhr

Gerade als er mit der Staatsanwältin in ihren Wagen steigen wollte, klingelte Frickes Handy.

Mit Sorge beobachtete Elena, wie Sven jegliche Farbe aus dem Gesicht wich, nachdem er das Gespräch entgegengenommen hatte. Ob es wieder dieser Babic war?

»Was ist los?«, fragte sie, als er das Telefonat beendet hatte und sie entgeistert ansah.

»Oppermann«, sagte er tonlos.

»Was ist mit ihm?«

»Jemand hat meinen BMW in die Luft gejagt, und er saß drin.«

Elena hielt sich erschrocken die Hand vor den Mund. Für einige Sekunden herrschte Stille, bis Fricke hervorpresste: »Babic hat also Ernst gemacht. Wir fahren sofort nach Düsternbrook.«

Beide hielten unwillkürlich die Luft an, als Elena den Wagen startete. Für einen Moment war Fricke erschrocken über seine eigene Gedankenlosigkeit. Was, wenn Babic auch an ihrem Wagen eine Bombe angebracht hätte? Er durfte sich jetzt keine Fehler mehr erlauben, dafür war dieser Mann viel zu gefährlich. Trotz des Schocks, den der Anruf ausgelöst hatte, musste er hochkonzentriert bleiben. Reiß dich zusammen, Sven, schalt er sich stumm.

Er würde es sich nie verzeihen, wenn Elena wegen seiner Unachtsamkeit etwas zustoßen sollte.

Nach etwa 20 Minuten Fahrt erreichten sie Düsternbrook und sahen bereits von Weitem die unzähligen Blaulichter in der Dorfstraße.

Elena parkte hinter einem der Rettungswagen, vor dem sich der Notarzt und zwei Sanitäter gerade unterhielten.

Während Fricke sofort zu den verkohlten Resten seines BMW rannte, trat Elena an das Grüppchen vor dem Krankenwagen heran. Auf ihre Fragen hin erfuhr sie, dass sowohl der Insasse des Fahrzeugs als auch zwei weitere Personen, die sich in der Nähe des Autos aufgehalten hatten, bei der Explosion ums Leben gekommen waren.

»Hier können wir nichts mehr ausrichten«, erklärte der Notarzt und folgte Elenas Blick auf den Klumpen schwarzen Schrottes, der nur wenige Meter von ihnen entfernt am Straßenrand lag.

In diesem Moment drehte Fricke sich zu ihnen um. Als er Elenas Blick auffing, schüttelte er unmerklich den Kopf. Gerade hatte auch ihm einer der anwesenden Polizisten bestätigt, was ihm längst klar gewesen war: Oppermann hatte die Explosion nicht überlebt. Babic hatte ihn gewarnt, aber er hatte weiterermittelt, und nun hatte er vielleicht das Leben seines jungen Kollegen auf dem Gewissen.

Ein Räuspern hinter ihm riss ihn aus seinen Gedanken. »Herr Fricke?«

Als er sich umdrehte, schlugen Schock und Entsetzen über den Anschlag auf seinen Kollegen in unsägliche Wut auf die Personen um, die vor ihm standen.

»Ihr!«, schrie er die beiden BKA-Beamten an, in deren betroffene Gesichter er blickte. Ohne nachzudenken, holte er aus und rammte Klinger die Faust ins Gesicht.

Sofort eilten die umstehenden Polizisten hinzu, rissen Fricke um und drückten ihn zu Boden.

»Ihr habt ihn auf dem Gewissen«, presste er trotz seiner misslichen Lage hervor. »Wo wart ihr denn? Ihr habt doch gesagt, ihr habt ihn im Griff. Ihr wolltet ihn beschatten«, schrie er, während er auf dem Bauch lag und drei Uniformierte gleichzeitig ihn mit ihren Knien auf seinem Rücken daran hinderten, aufzustehen.

»Es tut uns aufrichtig leid, Herr Fricke, wir hatten ihn verloren. Wir sind zu spät gekommen, aber nun ist Babic tot«, beschwichtigte Hellmdorn und half seinem Kollegen auf, den Frickes Schlag zu Boden gestreckt hatte.

»Tot?«, fragte Fricke und raunzte die Polizisten an, sie sollten ihn gefälligst loslassen.

Nachdem sich die Uniformierten mit einem Blick zu Hellmdorn rückversichert hatten, ließen sie von Fricke ab, blieben jedoch sicherheitshalber neben ihm stehen, als er sich wieder aufgerichtet hatte.

»Ja, wir sind zu spät gekommen. Wir haben gehört, wie der Wagen in die Luft flog, kamen dann um die Ecke und stießen mit dem Mustang von Babic zusammen. Es gab einen Schusswechsel, und Klinger traf Babic in den Kopf.«

»Trotzdem seid ihr zu spät gekommen. Das hat ein Nachspiel«, sagte Fricke, drehte sich um und ging zu Elena.

Die Staatsanwältin hatte inzwischen erfahren, dass es sich bei den anderen toten Personen um Julia und Thomas Neuhaus handelte, und teilte Fricke diese Erkenntnis mit.

»Wir fahren jetzt ins Hotel und beginnen heute Abend mit der Beschattung von Susanne Winter«, erklärte Fricke, nahm Elena entschlossen bei der Hand und zog sie hinter sich her zu ihrem Volvo.

KAPITEL 32

Mittwoch, Atlantic Hotel Kiel, 18 Uhr

Fricke war mit in Elenas Hotelzimmer gekommen. Nun lagen sie nebeneinander auf dem Bett, und Elenas Finger spielten gedankenverloren mit Frickes Haaren. Zärtlich streichelte sie ihm über den Kopf, um ihn zu trösten. Nach mehr stand ihnen jetzt beiden nicht der Sinn.

Fricke war froh, dass er vor Jahren den Buddhismus für sich entdeckt hatte, der ihm in Situationen wie diesen half, seine innere Ruhe wiederzufinden. Er musste daran denken, was Oppermann ihm erzählt hatte: dass er mit seiner Freundin ein Haus in Wiesbaden kaufen wollte. Dass er sich auf die Arbeit beim BKA freute. Fricke spürte einen dicken Kloß in seinem Hals. Die ganze Zeit schon quälte er sich mit der Frage, ob er Schuld hatte an Oppermanns Tod. Hätte er ihn irgendwie verhindern können? Indem er vorsichtiger gewesen wäre?

Elena erahnte seine Gedanken. »Du kannst nichts dafür. Gib dir bitte keine Schuld«, flüsterte sie und küsste seine Stirn.

Ja, sie hatte recht. Es war nicht seine Schuld.

»Warum musste er auch heute noch mal mit dem Foto herumlaufen? Warum ist er nicht einfach nur zu Neuhaus gegangen, wie es abgesprochen war?«, fragte er, obwohl er die simple Antwort darauf selbst kannte.

»Er wollte seinen Job machen, Sven. Nichts anderes«, sprach Elena seine Gedanken aus. »Und das sollten wir jetzt auch tun. Wir müssen diesen Fall abschließen, das sind wir ihm schuldig. Lass uns zur Winter fahren und mit der Beschattung beginnen, es ist bereits kurz vor sechs«, erklärte sie und erhob sich.

Fricke nickte und stand ebenfalls auf. »Okay, Elena. Du fährst«, entschied er und sie machten sich gemeinsam auf den Weg zu ihrem Volvo.

Während der Fahrt legte er seine Hand erst auf ihr Knie, dann auf ihren Oberschenkel und ließ sie dann langsam höher wandern. Die gemeinsame Zeit mit ihr im Hotelzimmer, in der sie nur geredet und gemeinsam geschwiegen hatten, hatte ihm gutgetan. Elenas Zuspruch hatte den Schock und seine Schuldgefühle gelindert und ihn einigermaßen entspannt. Außerdem musste er jetzt etwas tun, um sich abzulenken. Er wollte jetzt nicht weiter über Oppermann nachdenken, nicht, bevor sie den Fall nicht aufgeklärt hatten.

»Lass das«, wies sie ihn halbherzig zurecht und schob seine Hand wieder zurück. »Ich muss mich auf die Straße konzentrieren.«

»Kannst du doch«, erwiderte er und ließ seine Hand wieder ein Stück höher rutschen, »ich sorge nur dafür, dass du eine angenehme Fahrt hast.«

Nach kurzer Fahrt hatten sie Düsternbrook erreicht und Elena stellte ihren Wagen ein paar Meter entfernt von Susanne Winters Villa ab. Sie stiegen aus und näherten sich dem Grundstück. Im Haus brannte Licht, aber mehr war von der Straße aus nicht zu erkennen.

»Komm«, sagte Fricke, trat an das ein Meter hohe Gartentor heran und schwang sich mit einem Satz darüber.

Elena zögerte und blickte ihn durch die Gitterstäbe hilflos an. Dann zog sie ihre Schuhe aus, stellte sie vor dem Tor ab und kletterte deutlich mühsamer als er darüber. Er nahm sie auf der anderen Seite in Empfang und klopfte ihr auf den Hintern. »Das wollte ich schon die ganze Zeit über machen«, grinste er.

»Lass das gefälligst und geh weiter«, zischte Elena, aber es war offensichtlich, dass ihre Empörung nur gespielt war.

Sie liefen um das Haus herum. Vom Garten aus hatten sie durch die Fensterfront den perfekten Einblick in das Wohnzimmer mit der offenen Küche, wo Susanne gerade am Hantieren war.

Auf ein Zeichen von Fricke hin zogen sie sich wieder zurück und kletterten über das Tor zurück auf den Gehweg.

»Sehr gut«, kommentierte Fricke, »noch ist sie zu Hause. Dann stellen wir uns mal auf eine lange Nacht ein. Steig du schon mal ins Auto, ich lauf noch schnell zur Tankstelle da hinten und hol uns Nervennahrung.«

Elena zog ihre Schuhe wieder an und machte es sich anschließend auf dem Fahrersitz ihres Volvo bequem. Eine kribbelnde Anspannung hatte sich in ihr ausgebreitet. Es versprach, eine aufregende Nacht zu werden, so oder so. Selbst wenn die Winter sich nicht blicken ließ, war da immer noch Sven, mit dem sie einige Stunden auf engstem Raum verbringen würde. Nein, ermahnte sie sich selbst, sie hatten hier einen Job zu erledigen, und alles andere würde warten müssen, auch wenn es schwerfiel.

Auf dem Weg zur Tankstelle kreisten Frickes Gedanken derweil um Babic. Er war erleichtert, dass er nun keinen Schaden mehr anrichten konnte. Schlimm genug, dass er seinen Partner … Nein, daran wollte er jetzt nicht denken. Er hatte zwar keine enge Beziehung zu Oppermann gehabt, schließlich hatte er ihn erst seit ein paar Tagen gekannt. Dennoch war sein Tod ein Verlust und führte ihm vor Augen, dass die Lebensgefahr zu seinem Job gehörte und es auch ihn jederzeit treffen konnte. Damit musste er irgendwie fertigwerden, sonst konnte er seine Arbeit gleich an den Nagel hängen. Neben der Angst war es aber auch die Wut, die ihn beherrschte. Die Wut auf das BKA, das nicht in der Lage gewesen war, Babic ausreichend zu beschatten oder ihn gar festzunehmen. Nein, er selbst hatte keine Schuld an Oppermanns Tod, das war ihm inzwischen klar. Er würde jetzt all seine Energie daransetzen, den Fall aufzuklären.

Als er zehn Minuten später die Beifahrertür von Elenas Volvo öffnete, streckte er erst die erstandene Flasche Sekt in den Wagen, dann schob er sich selbst hinterher.

»Ist das genehm, Frau Staatsanwältin?«, fragte er, nachdem er sich auf dem Beifahrersitz niedergelassen hatte.

»Sven, wir sind im Dienst.«

»Nein, wir haben eigentlich frei. Wir schieben hier nur freiwillig Wache, weil wir anscheinend total bescheuert sind und einer Sache auf den Grund gehen wollen, die du dir in deinem süßen Köpfchen zusammengereimt hast.«

Gerade wollte sie insistieren, als er ihr mit einem Kuss den Mund verschloss.

»Nicht widersprechen, Elena, nicht ständig widersprechen.«

Er ließ geschickt den Korken aus der Flasche ploppen.

»Schön, dass es dir offenbar besser geht«, bemerkte Elena. »Trotzdem solltest du mit dem nötigen Ernst bei der Sache bleiben.«

»Jawohl, Frau Staatsanwältin. Heute Nacht gibt es nur uns, die Winter und den Fall«, antwortete Fricke. »Wir haben allerdings ein Problem: Die hatten keine Becher mehr. Daher sehe ich nur zwei Möglichkeiten – entweder wir trinken aus der Flasche oder aus deinem Bauchnabel.« Er lächelte sie schelmisch an.

»Flasche«, entgegnete Elena und nahm sie ihm aus der Hand. Er war einfach unverbesserlich. Außerdem war ihr klar, dass er mit seiner gespielt guten Laune nur versuchte, sich abzulenken, wobei sie ihn gerne unterstützte. Sie setzte die Flasche an die Lippen und trank einen Schluck. Der Sekt schmeckte nicht schlecht und war sogar gut gekühlt.

»Das ist jetzt vielleicht nicht so toll – aber immerhin.« Sven hielt ihr eine Tüte mit zwei Käsebrötchen entgegen. »Falls wir im Laufe der Nacht noch Hunger bekommen.« Er trank ebenfalls einen Schluck aus der Flasche und stellte sie dann zu seinen Füßen ab. »Zuerst habe ich aber Appetit auf etwas anderes«, sagte er, beugte sich über sie und begann, ihre Rückenlehne hinunterzudrehen.

Sie ließ es geschehen und sog den herben Duft seines Aftershaves ein, allerdings nicht, ohne das Grundstück der Winters im Auge zu behalten. Selbst als sie zärtlich an seinem Ohrläppchen zu knabbern begann, schielte sie über seinen Kopf hinweg aus der Windschutzscheibe.

Fricke brummte wohlig. Plötzlich durchfuhr ihn ein Ruck. »Aua«, rief er und richtete sich auf. Sie hatte ihn ins Ohr gebissen! Was war denn jetzt schon wieder in sie gefahren?

Elena setzte sich kerzengerade auf und starrte angestrengt durch die Frontscheibe. »Mist!«, stieß sie aus.

»Ja, allerdings«, sagte er, »du hast mich schwer verletzt! Blute ich?«

Elena warf ihm nur einen kurzen Blick zu und drehte dann hektisch ihre Rückenlehne in eine aufrechte Position zurück. »Sie ist losgefahren! Da vorne!«

»Och ne«, seufzte Fricke. Tatsächlich bog eben ein dunkler SUV aus Winters Garageneinfahrt auf die Straße ein.

»Los, schnall dich an!«, befahl Elena und startete den Motor.

Die Winter hatte ein ganz schönes Tempo drauf, doch Elena blieb dran. Mit knapp 80 Stundenkilometern donnerte sie durch die Straßen Düsternbrooks.

»Bitte, Elena, ich würde gerne lebend ankommen«, murmelte Fricke und stellte angeekelt fest, dass die Sektflasche im Fußraum umgekippt war. Schnell stellte er sie auf und klemmte sie zwischen seine Füße, um zu verhindern, dass sich noch mehr von der Flüssigkeit auf die Fußmatte ergoss. Der ganze Wagen roch inzwischen schon nach Schampus.

»Shit, die ist auf dem Weg zu Markus! Hab ich's doch gewusst«, fluchte Elena, als klar wurde, dass sie Richtung Krankenhaus fuhren.

»Trotzdem, tot nützen wir dem auch nichts. Langsamer, Elena!«

Sie verringerte das Tempo nur geringfügig.

Kurz danach blitzte es auf. Das würde ein hübsches Bild geben von Elena mit wildentschlossenem Blick und ihm mit angstvoll geweiteten Augen. Ein Foto, sinnbildlich für ihre Beziehung. Er würde es einrahmen und über ihr gemeinsames Bett hängen, sollte es jemals eines geben.

KAPITEL 33

Mit einigem Abstand gelang es Elena, Susanne Winter trotz der hohen Geschwindigkeit unbemerkt bis zum Krankenhaus zu folgen. An einigen Stellen hatte sie das Tempo dann doch dem Verkehr anpassen müssen, um nicht aufzufallen, wodurch sie ihre Zielperson zwischendurch aus den Augen verloren. Aber sie glaubten ja ohnehin zu wissen, wo Susanne Winter hinwollte. Als sie auf dem Parkplatz des Krankenhauses ankamen, stand ihr Porsche schon da. Ihre Vermutung war also richtig gewesen.

Fricke und Elena stiegen aus und rannten in die Lobby.

»Markus Lohmann«, schleuderte Fricke der Dame am Informationsschalter außer Atem entgegen und streckte ihr seinen Dienstausweis entgegen. »Liegt wahrscheinlich noch im Koma. Schnell, welches Zimmer?«

Zum Glück stellte sie keine Fragen, sondern tippte flink den Namen in den Computer ein und nannte die Etage, Station und Zimmernummer. »Intensivstation«, fügte sie hinzu, »da müssen Sie oben mit den Schwestern sprechen, ob Sie hineindürfen.«

Fricke rannte, gefolgt von Elena, durch das Treppenhaus in die zweite Etage, rechts durch die große Glastür bis zum genannten Zimmer. Für Besprechungen mit Schwestern hatte er keine Zeit.

Die Tür war einen Spalt breit geöffnet. Fricke spähte hindurch und sah Susanne Winter vor dem Bett von Markus Lohmann stehen, der die Augen geschlossen hatte und mit unzähligen Kabeln versehen war. Elena konnte nicht warten. Sie schob neben Fricke die Zimmertür auf und trat ein. Fricke seufzte, zog seine Dienstwaffe, kam nach und zielte – auf Karin Munsch.

»Warum?«, fragte Susanne Winter in diesem Moment und sah Karin Munsch traurig an. Vermutlich waren alle beide hier ebenso ohne Erlaubnis der Schwestern.

Elena ließ Susanne Winter nicht aus den Augen und Fricke hielt seine Dienstwaffe immer noch auf Karin Munsch gerichtet, die ein Messer an den Hals von Markus Lohmann hielt.

»Das fragst du mich wirklich?«, keifte die Munsch zurück. Sie sah entschlossen aus.

»Messer runter.« Fricke kniff die Augen zusammen, bereit, bei der kleinsten falschen Bewegung des Messers zu schießen.

Susanne Winter schwieg. Sie wartete auf die Antwort.

»Ich habe dich geliebt. Damals, als dein Mann auf Reisen war, hatten wir eine wunderschöne Woche«, antwortete Munsch endlich.

»Karin. Das war doch aber nur so etwas wie ein Experiment. Es war schön, ja, aber ich bin nicht lesbisch.«

Karin Munsch verzog keine Miene. Ebenso schien sie gar keine Notiz von Fricke und Elena zu nehmen. Nur Susanne Winter wandte sich kurz zu den beiden um, bevor sie weitersprach. Vielleicht war es die Anwesenheit von Fricke mit seiner Waffe, die er auf Karin Munsch gerichtet hielt, die ihr etwas Sicherheit gab.

»Weißt du, ich habe mich gefragt, warum mir das passiert«, erklärte sie ruhig. »Erst mein Mann, jetzt Markus. Und irgendwie kam ich auf dich. Kurz nachdem wir«, sie stockte, »unser Abenteuer hatten, wurde mein Mann umgebracht. Dann warst du da und hast mich getröstet.«

»Nicht nur das, meine Liebe. Nicht nur das«, sagte Munsch.

Susanne Winter nickte: »Ja, wir sind auch wieder im Bett gelandet. Aber dann habe ich Markus kennengelernt und gemerkt, wie du dich mir gegenüber verändert hast, je glücklicher ich mit ihm wurde. Gestern Nacht plötzlich hatte ich das Bild vor Augen, wie du Markus oft angesehen hast. So voller Hass und Abscheu. Ich habe das immer darauf bezogen, dass die Kanzlei die Firma deines Mannes ruiniert hat. Aber Dieter war dir, von dem Moment an, wo wir etwas miteinander hatten, doch völlig egal. Du hast mit mir nicht ein einziges Mal darüber gesprochen, was da zwischen der Kanzlei und ihm vorgefallen ist. Es hat dich nicht gekümmert.«

»Richtig«, bestätigte Munsch, »ich wollte mich eh von ihm trennen.«

»Und dazu brauchtest du nur Markus beiseiteräumen, damit ich wieder frei für dich war. Als dir bewusst wurde, dass ich ihn wirklich liebe und heiraten würde, musstest du handeln.«

»Frau Munsch, lassen Sie das Messer fallen«, warf Fricke jetzt ein. Er hatte genug gehört und konnte es nicht vertreten, noch länger abzuwarten. Die Gefahr war zu groß, dass jemand zu Schaden kam. Karin Munsch hatte nun nichts mehr zu verlieren.

»Du hast damals meinen Mann umbringen lassen, oder? Ich weiß es sowieso, aber ich will es von dir selbst hören«, presste Susanne Winter hervor, ohne auf Fricke zu achten.

Karin Munsch, die nun endlich auch Notiz von Fricke und Elena genommen hatte, lächelte Susanne Winter boshaft an: »Ja, habe ich. Babic war gut. Dieter hat ihn mal verteidigt. Und als er wieder einmal seine Arbeit mit nach Hause brachte, habe ich das Foto von Babic in der Akte gesehen und seine Vorstrafen. Also habe ich Kontakt zu ihm aufgenommen.«

»Und dann wieder, als es um die Bombe in der Kanzlei ging«, schaltete Elena sich ein.

Karin Munsch sah zu ihr und Fricke herüber. »Ja. Die haben es allesamt nicht anders verdient. Nur das mit Ihrem Kollegen tut mir leid. Damit habe ich nichts zu tun«, antwortete sie knapp.

»Und ob Sie etwas damit zu tun haben«, knurrte Fricke. »Sie haben das Monster auf den Plan gerufen. Alles, was er hier angerichtet hat, geht damit auf Ihr Konto.« Er hatte sich entschieden, seiner Aufforderung, sie solle ihr Messer fallen lassen, erst mal noch keinen Nachdruck zu verleihen, solange sie gesprächig blieb und weitere Geständnisse ablegte. Doch er war immer noch bereit, seine Waffe jederzeit einzusetzen.

»War es nicht eher so, dass Sie meinen Kollegen haben umbringen lassen und Neuhaus gleich mit?«, fragte Fricke.

»Nein. Nachdem Babic seinen Auftrag mit dem Bus erfüllt hatte, hatte ich gar keinen Kontakt mehr zu ihm. Ich hatte gehofft, Sie würden Dieter verdächtigen, was Sie ja auch taten.«

»Damit hätten Sie praktischerweise auch gleich Ihren Mann aus dem Weg geräumt. Richtig? Daher auch die falsche Spur mit den Elektroteilen in seiner Garage. Das waren Sie!«, versuchte Elena Munschs Aufmerksamkeit auf sich zu ziehen, damit sich so für Fricke vielleicht eine Möglichkeit zum Eingreifen ergab, ohne dass er schießen musste.

»Und wenn schon?«, rief Karin Munsch. »Ich habe nichts mehr zu verlieren. Verabschiede dich schon mal von Markus, Susanne. Wenn ich nicht mit dir glücklich werden kann, dann sollst du es auch nicht mit ihm werden!«

In dieser Sekunde piepste eines der Geräte, die über Lohmann standen. Er bewegte einen Arm. Karin Munsch erschrak, und genau diese Sekunde nutzte Fricke. Er zielte auf ihre Schulter und schoss. Die Kugel durchschlug unter ihrem Aufschrei ihre Schulter, und sie ließ das Messer fallen.

Sofort stürmten Polizeibeamte den Raum, warfen Karin Munsch zu Boden und legten ihr Handschellen an. Eine aufmerksame Krankenschwester hatte den Notruf gewählt, als sie im Vorbeigehen einen Blick durch den Türspalt geworfen und gesehen hatte, was sich in dem Zimmer abspielte.

Fricke stand regungslos neben der überwältigten Karin Munsch und hielt immer noch seine Waffe in der Hand.

Elena traute der Ruhe nicht und stellte sich neben ihn. Sie wusste, dass Svens Wut auf die Frau, die zwölf Personen und seinen Kollegen auf dem Gewissen hatte, jederzeit in ihm hochkochen konnte. Auch sie selbst war sehr aufgewühlt. Wegen Karin Munsch hatte sie einen alten Freund der Familie verloren und um das Leben eines weiteren gebangt. Ihre Studienfreunde waren in den Fokus der Ermittlungen geraten und sie hatte sich der Frage stellen müssen, inwieweit sie ihnen noch trauen und ob sie sich vielleicht in ihnen getäuscht hatte. All das hatte nun endlich ein Ende und würde doch seine Spuren hinterlassen. Nie aber würden ihre Emotionen sie zu einer unbedachten Handlung verleiten, dazu war sie viel zu beherrscht. Sven dagegen konnte sehr impulsiv sein.

Behutsam berührte sie seine Hand und fasste seine Waffe an. »Gib sie mir«, flüsterte sie ihm zu.

Fricke wandte den Blick von Karin Munsch ab und Elena zu. Bereitwillig übergab er ihr seine Waffe. Anschließend fassten sie sich an den Händen und gingen gemeinsam auf den Flur. Dort sprachen sie kurz mit dem Einsatzleiter und wiesen einen Arzt an, sich um Susanne Winter und Markus Lohmann zu kümmern, der bereits die Augen geöffnet hatte.

KAPITEL 34

Mittwoch, Städtisches Krankenhaus Kiel, 24 Uhr

Als alles geregelt war, setzten sich Elena und Fricke nebeneinander auf zwei Plastikstühle im Krankenhausflur. Erschöpft lehnten sie die Köpfe aneinander.

»Geht's wieder?«, fragte Elena.

»Ja«, entgegnete Fricke, »und bei dir?«

»Alles gut so weit.« Elena nickte.

»Ich rufe gleich auf der Wache an. Die sollen deinen Dieter morgen früh entlassen.«

»Danke, Sven.« Elena blickte auf die weiße Krankenhauswand gegenüber. »Weißt du, ich war vielleicht doch etwas mehr persönlich verstrickt in den Fall, als ich es mir eingestehen wollte. Ich wollte unter keinen Umständen, dass Dieter oder Sebastian sich als Täter entpuppen. Und ich bin unglaublich erleichtert, dass sie es nun tatsächlich nicht waren.«

Fricke schnaubte. »Eigentlich hätte ich besser dein Arschgesicht in Untersuchungshaft nehmen sollen als Dieter Munsch. Dem hätt ich's gewünscht.«

Amüsiert sah sie ihn an. »Herr Hauptkommissar, sind Sie etwa eifersüchtig?«

»Und wie«, sagte er und legte seinen Arm um sie. »Ab jetzt werde ich daher öffentlich feststellen lassen, dass kein Mann außer mir mehr mit dir alleine auszugehen hat. Ist das klar?«

»Klar«, murmelte sie. »Ist ja auch lebensgefährlich. Das wird sich schon rumsprechen.«

Sie schwiegen und hingen ihren Gedanken nach.

»Schon absurd«, sinnierte Elena. »Das alles wäre aus Karin Munschs Sicht vielleicht nicht einmal nötig gewesen. Wahrscheinlich hätte Markus Susanne ja doch wegen der Sekretärin verlassen.«

»Glaube ich nicht«, brummte Fricke, »Männer verlassen ihre Frauen nicht für ihre Sekretärinnen. Sie haben nur Sex mit ihnen.«

Elena verzog die Mundwinkel. »Du bist ein unverbesserlicher Macho. Aber ich habe die Hoffnung noch nicht aufgegeben.«

Sie nahm ihn bei der Hand, als sie aufstand. »Herr Hauptkommissar, gibt es heute irgendeinen Grund, warum Sie die wenigen Stunden bis zum Morgengrauen nicht mit mir in meinem Hotelzimmer verbringen können?«

»Nein«, Fricke erhob sich ebenfalls, »mir fällt keiner ein.«

»Wie schön, ich brauche also keine offizielle Dienstanweisung? Du gehst ganz freiwillig mit?«

»Mit Vergnügen!«, sagte er und folgte ihr.

*** Ende ***

MAKING-OF

Wie im ersten Fricke-Band geben wir Ihnen auch hier einen Einblick, wie die zwei Autoren miteinander oder freundlichst gegeneinander arbeiten. Ich – Stefanie Gregg – habe das hier mal ganz objektiv zusammengefasst:

#1

Wie immer schreibt Paul das erste Kapitel und in fünf Sätzen den Plot.

Unter der Überschrift »2. Kapitel« steht dann Folgendes für mich – so solle ich weiterschreiben:

Kapitel, wo Susanne Winter, Elena anruft und diese sich dann alles regelt und am selben Tag nach Düsternbrook fährt.

Das also soll eine Arbeitsanweisung an mich sein. Ich rolle einmal mit den Augen, ignoriere diesen seltsamen Text (vor allem das »wo«, aber auch die falsche Kommasetzung – Sie kennen das ja aus dem Making-of zu »Blutvilla«, NICHTS hat sich daran geändert. Paul ist kommasetzungsregelnresistent), schreibe einfach das ins Kapitel 2, was ich für eine logische Schlussfolgerung aus Kapitel 1 halte, und beginne dabei mit der Beschreibung meiner wundervollen, klugen und schönen Staatsanwältin Elena Karinoglous:

Elena knöpfte die schwarze Robe auf. Sie war froh, endlich aus dem schweren Gewand herauszukommen. Bei der Hitze war das wirklich unerträglich.

#2

Zugegebenermaßen kann es bei solchen unklaren Arbeitsanweisungen auch mal sein, dass ich kurzfristig den Faden verliere:

Ich formuliere folgenden Satz für Elena: »*Na, da bin ich aber auf Ihren Ermittlungsbericht gespannt!*«

Dann folgt ein Hilferuf an Paul: *... tja, ich weiß es jetzt auch nicht, was er ermittelt hat ... Paulileinchen, dir fällt bestimmt noch was ein, oder??????*

Und so mache ich dann einfach weiter. »*Heben Sie sich das für später auf, jetzt sind wir schon 20 Minuten über dem verabredeten Termin und wir sollten Frau Winter nicht länger warten lassen.*«

Zugegeben, als ich den Text zurückbekam, hat Paul hier etwas wundervoll Sinnvolles eingebaut!

Übrigens, das sollten Sie noch wissen, nicht alle Passagen hier aus dem Werkstattbericht werden Sie noch im Text finden. Manch eine sieht nach eigener Zensur und Lektorat anders aus als bei der Entstehung des Manuskriptes.

#3

Gleich am Anfang bekamen wir uns wie üblich in die Haare:

Paul schreibt:
Man grüßte sich auf der Straße, besuchte sich gegenseitig zum gemeinsamen Grillen, die Frauen der Nachbarschaft trafen sich jeden Donnerstag zum **Rommé-Spiel** *und die Mütter hatten einen Fahrdienst eingerichtet, um die Kleinen in den Kindergarten zu bringen. In Düsternbrook, so schien es, war die Welt noch in Ordnung.*

Kommentar Stefanie Gregg:
Paul, in welchem Zeitalter lebst du eigentlich? Wo um Himmels willen treffen sich Frauen zum Rommé-Spielen??? Lass sie Prosecco trinken oder was auch immer …

Antwort Paul Schenke:
Dann lass sie doch Rommé spielen für einen wohltätigen Zweck!

Bevor ich ihm umständlich erkläre, dass sie so ja trotzdem das Spiel unserer Großmütter spielen und ich mich verzweifelt frage, wie man dies zu Hause für einen wohltätigen Zweck tun kann, seufze ich in diesem Fall tief auf und blättere (ausnahmsweise) weiter.

#4
Weiter ging's – Text Paul:

Kommentar Stefanie Gregg:
Ja wie, arbeiten die alle nix?????
Gibt's so was heute noch?

Antwort Paul Schenke:
Nein, tun sie nicht. Und die, die
arbeiten nehmen, sich da frei.

Antwort Stefanie Gregg:
Das können die sich leisten??? –
Sind wohl eher ehrenamtliche
Tätigkeiten. Okay, okay, okay –
bitte …

*»Hey, ich hoffe ja nun nicht, dass sich etwas an unseren **Donnerstags-Rommé-Nachmittagen** ändern wird, oder?«, entrüstete sich Karin gespielt.*

#5
Text Paul Schenke:

Kommentar Stefanie Gregg:
Oha, oha, was bitte weiß ein
Hannoveraner denn über Boote?
Das Wissen haste dir wohl ange-
lesen. ;-)
Bei uns würde das passen!!! Aber
in Hannover??? Wo fährt man da
denn mit einem Boot?

Antwort Paul Schenke:
Ich musste dreimal Luft holen.
So eine freche Frage. Wir haben
die Leine, die Ihme, den wunderbaren Maschsee, wo ich meinen
Segelschein gemacht habe, wir
haben sogar einen Jachthafen.
Frechheit. Boote sind kein Privi-
leg für Freistaatbewohner.

Antwort Stefanie Gregg:
Oh nein, sag nicht, dass du
segelst – wie toll! Habe letztes
Jahr erst meinen Segelschein
gemacht – Kindheitstraum –
und ich liebe es!!! Oh, lassen wir
unsere beiden mal segeln!!!

*Ob es nun der Pool war, den sich der Nachbar vergrößern ließ und damit den größten Pool im Ort hatte, jemand das neueste Modell von Mercedes in der Garage stehen hatte oder sich ein **Boot** kaufte.*

#6

Nächste Arbeitsanweisung an mich:

Kapitel Elena fährt zu Dieter Munsch, trotz dass Fricke es anders vorgeschlagen hatte.

Alles klar, nicht wahr?!

#7

Nein, nein, an meinem Text gab's nichts zu kritteln, machen wir also weiter mit Pauls Text:

*Für diesen Freitag war der alljährliche Betriebsausflug der Kanzlei geplant. Man hatte hierfür eigens **einen Kleinbus** gemietet, mit dem die gesamte Belegschaft gemeinsam übers Wochenende in den Schwarzwald in ein **exklusives** Golfhotel fahren konnte.*

Kommentar Stefanie Gregg:
Einen Kleinbus??? Für all die Partner, Anwaltsgehilfen und -gehilfinnen, Sekretärinnen etc. Meines Wissens gehen in einen Kleinbus 8–10 Menschen. Sag mal, wie viele Leute passen eigentlich in einen Kleinbus????

Antwort Paul Schenke:
Ja, wer immer nur Auto fährt, kann so etwas nicht wissen. Es gibt Busse in jeder Größe. Auch Kleinbusse mit bis zu 20 Fahrgästen.
Aber schreibt man nicht »in ein exclusives Golfhotel«?

Antwort Stefanie Gregg:
Nö, schreibt man nicht. Exklusiv. Ach, ist schon gut, dass du mich hast.

Nur mal um das klarzustellen – wir schätzen uns gegenseitig sehr. Aber wir schenken uns nichts! ☺

#8

Jaja, manchmal sind Pauls Texte auch einfach ohne Hintergründe nicht zu verstehen.

Kommentar Stefanie Gregg:
Das versteh ich nicht – warum scheidet der eine aus, wenn der andere ernannt wird? Zoff????

Antwort Paul Schenke:
Eifersucht? Mißgunst? Wird sich aufklären.

Antwort Stefanie Gregg:
Dann schreib es doch bitte! (Missgunst, mein Lieber, wir befinden uns im Zeitalter der neuen deutschen Rechtschreibung.)

*Nachdem er mit Markus' Ernennung zum Partner aus der Kanzlei **ausgestiegen war**, gründete und leitete er erfolgreich eine Unternehmungsberatung.*

Nun, in der vorliegenden Version ist dieser Text so nicht mehr vorhanden …

#9
Text Paul Schenke:

Kommentar Stefanie Gregg:
Paul, Herr Religionswissenschaftler, wo bleiben hier Anstand und Moral? Der Leser wird entsetzt sein!

Ne, ne, ne *Kopfschüttel*, was ist denn das für eine??? Also, mit dem Satz glaubt nun jede Leserin, dass das eine ganz Durchtriebene ist, die eh nur sein Geld will.

Antwort Paul Schenke:
Oder erkennt den Sarkasmus?

*Susanne lachte auf. »Also, wenn er meint, **er müsse sich vor unserer Hochzeit noch mal vergnügen**, dann kann ich es nicht verhindern und werde es wohl auch nie erfahren.«*

Sie denken jetzt, ich bin ein Ekel?
Warten Sie mal ab, wie der mit mir umgeht!

#10

Text Stefanie Gregg:

*»Und, ähm, bevor du ins Kran-
kenhaus gehst, musst du noch
deine Bluse **zuknöpfen.**«*

Kommentar Paul Schenke:
Warum sagt er das jetzt? Hätte
doch noch was zum Spannen
gehabt, bis sie angekommen
wären. So was sagt kein Mann!

Antwort Stefanie Gregg:
Paul, du elender Macho!!!!!!

#11

Und zum Folgenden sag ich jetzt gar nichts mehr!

Ich glaube, es sind nur zwei Seiten – aber zehn Kommentare von Paul!!

*Ihre Finger erkundeten sei-
nen Hals und seine Brust, dann
beugte sie sich hinunter und
nahm zuerst sein Ohrläppchen in
den Mund und biss danach plötzlich fest in seine Schulter.
»Aua«, stieß Fricke aus.
»Das hast du verdient«, **erklärte
sie lächelnd.***

Kommentar Paul Schenke:
Lächerlich

*»Ja, und noch viel mehr davon«,
zischte er und zog ihren Rock über
den Po, bevor er sie fest auf sich
drückte. Sie stöhnte vor Lust.*

Kommentar Paul Schenke:
Würde er nieeeeeeeeee
sagen.

Antwort Stefanie Gregg:
Warum würde er das
nicht sagen???

Kommentar Paul Schenke:
Oh Mann. Schon ist der Zauber
dahin …

»*Hast du Kondome?*«, *fragte sie.*

Fricke riss die Augen auf.

Kommentar Paul Schenke:
Natürlich geht das so.

»*Was, Kondome? Ne!* **Geht das nicht so?**«

Kommentar Paul Schenke:
Jetzt sollte er sich schnell ausma-
len, dass es Mädchen und sie so
zickig wie Elena werden könnten … ohje … vielleicht doch
Kondome holen?

Elena schüttelte den Kopf. »*Ich nehme die Pille nicht.* **Und wenn du keine kleinen Frickes haben möchtest** …«

Antwort Stefanie Gregg:
Oh, bist du fies!!!!

Fricke stöhnte. So ein Scheiß, das durfte jetzt echt nicht wahr sein. »*Warum nimmst du die Pille nicht?*«

(…)

»*Komm, wird schon nichts passie-ren*«, *sagte er und zog sie wieder zu sich herunter.*

»*Doch, wird mit ziemlich gro-ßer Wahrscheinlichkeit was pas-*

Kommentar Paul Schenke:
Junge, Junge … Laber, laber,
laber.

sieren. **Ich bin in der Mitte des Monats.**« *Elena schüttelte den Kopf.* »*Mensch, du warst doch gerade bei der Tanke.*«

(…)

»*Herr Hauptkommissar, ich sehe da nur eine Möglichkeit.*

248

*Ich erteile Ihnen jetzt den offiziellen, **staatsanwältlichen Auftrag**, noch mal zur Tankstelle zu gehen **und Kondome zu kaufen**.«*

Kommentar Paul Schenke:
Heißt das nicht »anwaltlichen«?

Kommentar Paul Schenke:
Jesses. Da hätte ich ja schon keinen Bock mehr.

»Ich weiß, und da ich der Hilfsbeamte der Staatsanwaltschaft bin ...«, seufzte Fricke.

Kommentar Paul Schenke:
Er hätte höchstens gesagt, dann mach's mir halt schnell mit der Han... äh, ich meine ... nö, jetzt mach ich ein Nickerchen. So.

»Genau«, bestätigte Elena, küsste ihn noch mal, bevor sie sich auf ihren Platz zurückzog. Er knöpfte sich sein Hemd wieder zu, öffnete die Tür und stieg aus, »Bis gleich, Süße!«

Antwort Stefanie Gregg: ...
diese deine Haltung habe ich ja bereits kommentiert ...

Kommentar Paul Schenke:
Unfassbar.

Antwort Stefanie Gregg:
Also, mir ist noch kein Mann untergekommen, der nicht ein paar Kondome holen würde, wenn er dann ... Du bist echt ne seltsame Type – lieber Nickerchen ...

Ich rufe ihm dann das zu, was ich ihm schon im letzten Buch gefühlte zigtausend Mal gesagt habe: »Macho, Orang-Utan-Brustgetrommel, Primatenverhalten!« Aber er schickt daraufhin nur ein lachendes Smiley zurück.

Und immer, immer hat er etwas gegen Elena (wenn sie übrigens wirklich mal zickig ist, dann hat jeweils er das in meinen Text geschrieben). Frauenhasser! Genau, das ist er!

#12

Text Stefanie Gregg:

Kommentar Paul Schenke:
Das ist ja wohl mal der ungeheu-
erlichste Satz der ganzen Story …
pffffffffffffffffffff …

*»Siehst du, wenn du endlich mal das tust, was ich sage, dann wird alles **gut**«, sagte sie.*

Text Stefanie Gregg:

Kommentar Paul Schenke:
Ganz genau!!!!

*»Nicht widersprechen, Elena, nicht ständig **widersprechen**.«
(Fricke)*

Und immer, immer zu jeder Sache einen doofen Kommentar:

#13
Text Stefanie Gregg:

Kommentar Paul Schenke:
Hat er gesabbert?
Antwort Stefanie Gregg:
Wäre ne Möglichkeit. Sabberst du?
Antwort Paul Schenke:
Natürlich nicht. Frechheit die Frage!

*»Sven, das ist es!«, rief sie aufgeregt. »Das war es, was mich die ganze Zeit **gestört hat!**«*

So, und weil Elena und ich gerne das letzte Wort haben – bitte sehr!

#14

Text Paul Schenke:

*Fricke blieb noch einige Sekunden vor ihrer Tür stehen und machte sich dann auf den Weg in sein eigenes Zimmer. Dort schlief Oppermann bereits, als er eintrat. Er zog sich leise aus und legte sich ins Bett. In dieser Nacht fand er kaum Schlaf. Seine Gedanken fuhren **Achterbahn.***

Kommentar Stefanie Gregg:
Ne jetzt, das ist nicht dein Ernst. Du nennst das Kapitel »Fricke wirbt um Elenas Gunst« – ich freu mich schon die ganze Zeit drauf. Er isst mit ihr, sie fleht ihn an, er lässt sie hängen – obwohl sie diese Nacht nun wirklich dringend Polizeischutz bräuchte. So wirbst du um die Gunst einer Frau?! Neeeeee, ich schreib das Kapitel im Auto wieder um. Er ist es nicht wert!!!!!!

Antwort Paul Schenke: Süß ☺

Sie wissen jetzt alles über uns, ich bin rechthaberisch wie Elena und er wie Fricke: Macho, Orang-Utan-Brustgetrommel, Primatenverhalten!

KAREN LARK
Kiel: Stadt, Land, Wasser

. . . .

978-3-8392-1784-9 (Buch)
978-3-8392-4829-4 (pdf)
978-3-8392-4828-7 (epub)

DIE STADT UND DAS MEER Kiel und die Förde sind exotischer, als man denkt: Hier wurde ein russischer Zar geboren, hier kann man am Strand von Brasilien baden oder – sehr nordamerikanisch – am Schwedeneck zusehen, wie Erdöl gefördert wird. In einem Punkt bleibt Kiel allerdings vorhersehbar: Es liegt am Meer. Schiffe fahren wie Linienbusse durch die Förde und schippern die Menschen von Ort zu Ort. Karen Lark entführt den Leser zu ihren Lieblingsplätzen und zeigt, wie unterschiedlich man sich über Wasser bewegen kann: mit der Fähre, dem Drachenboot, dem Haikutter …

GMEINER KULTUR